加速世界

Accel World

01 黑雪公主再臨

川原 礫

插畫 / HIMA

「少年，你想不想……『加速』到更快的境界？」
黑雪公主
梅鄉國中
學生會副會長的
虛擬角色

「她是……」
粉紅豬
校內地位
最底端的少年
春雪的虛擬角色

「聽說你跟二年級的黑雪公主學姊直連，
是真的嗎？」
「咦？為、為什——」
千百合
春雪的青梅竹馬

!?
!?
「唔……說穿了，
就是我向他表白，而他甩了我。」

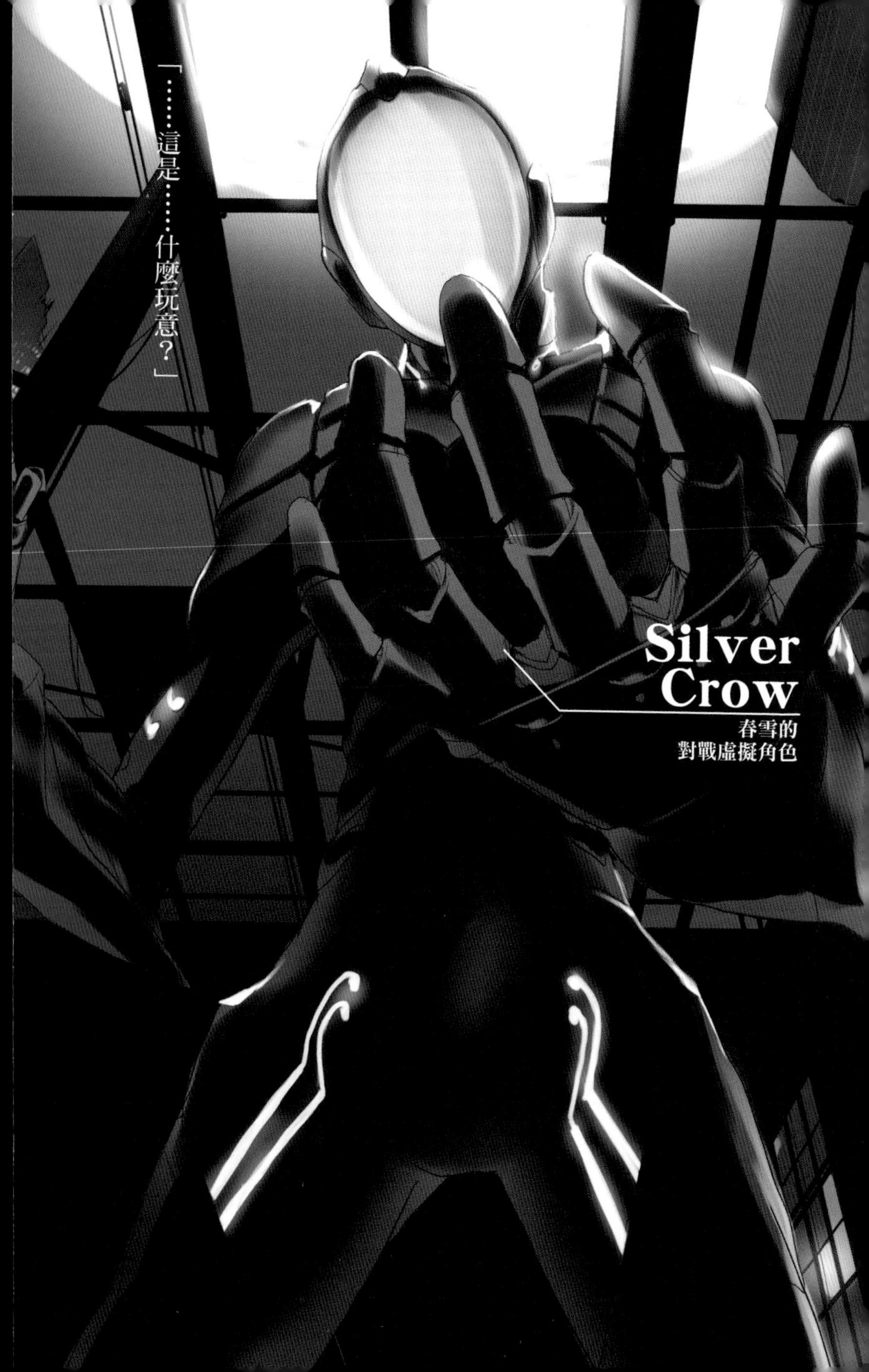
「……這是……什麼玩意？」
Silver Crow
春雪的
對戰虛擬角色

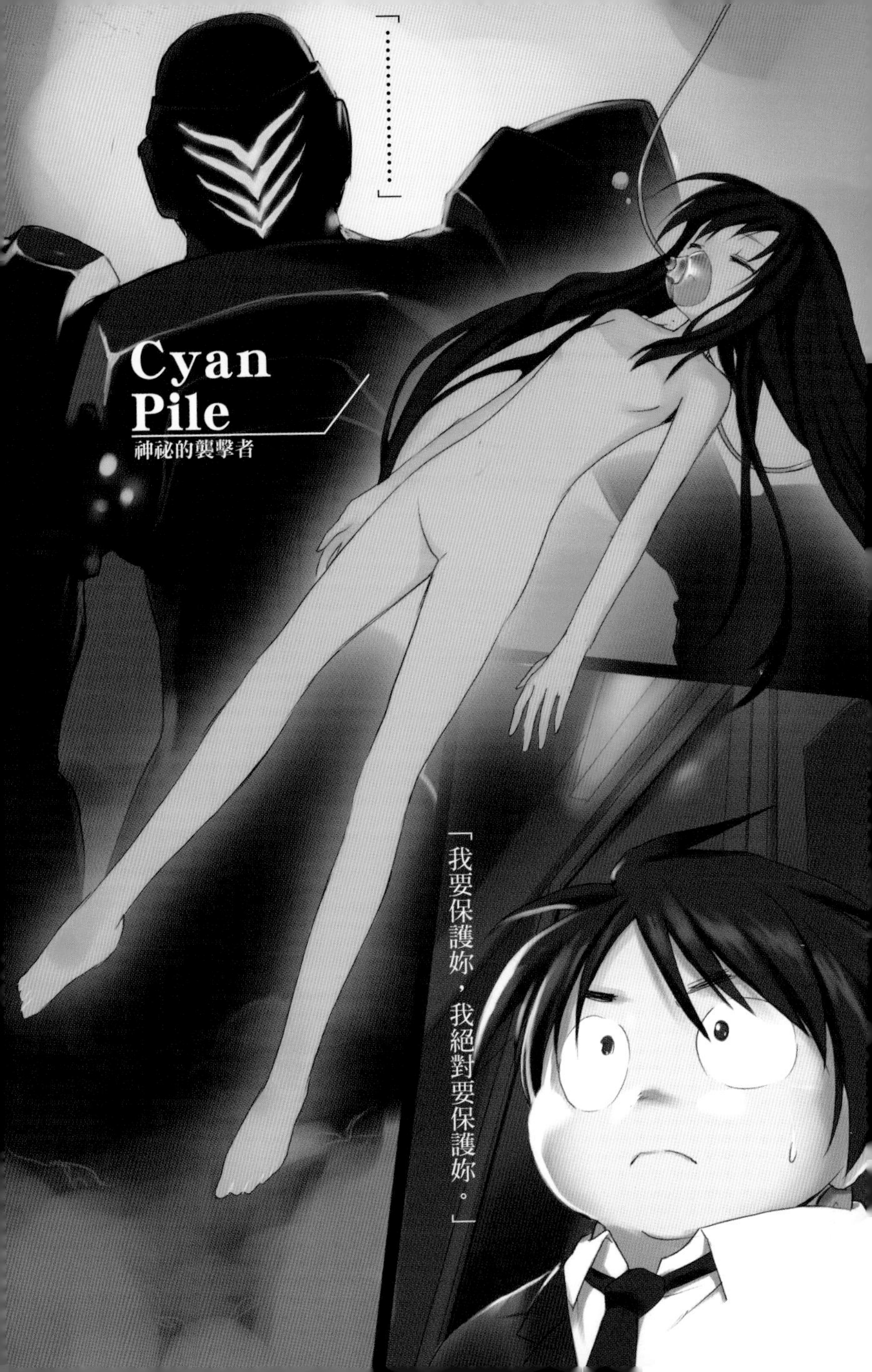
「……」
Cyan
Pile
神祕的襲擊者
「我要保護妳，我絕對要保護妳。」

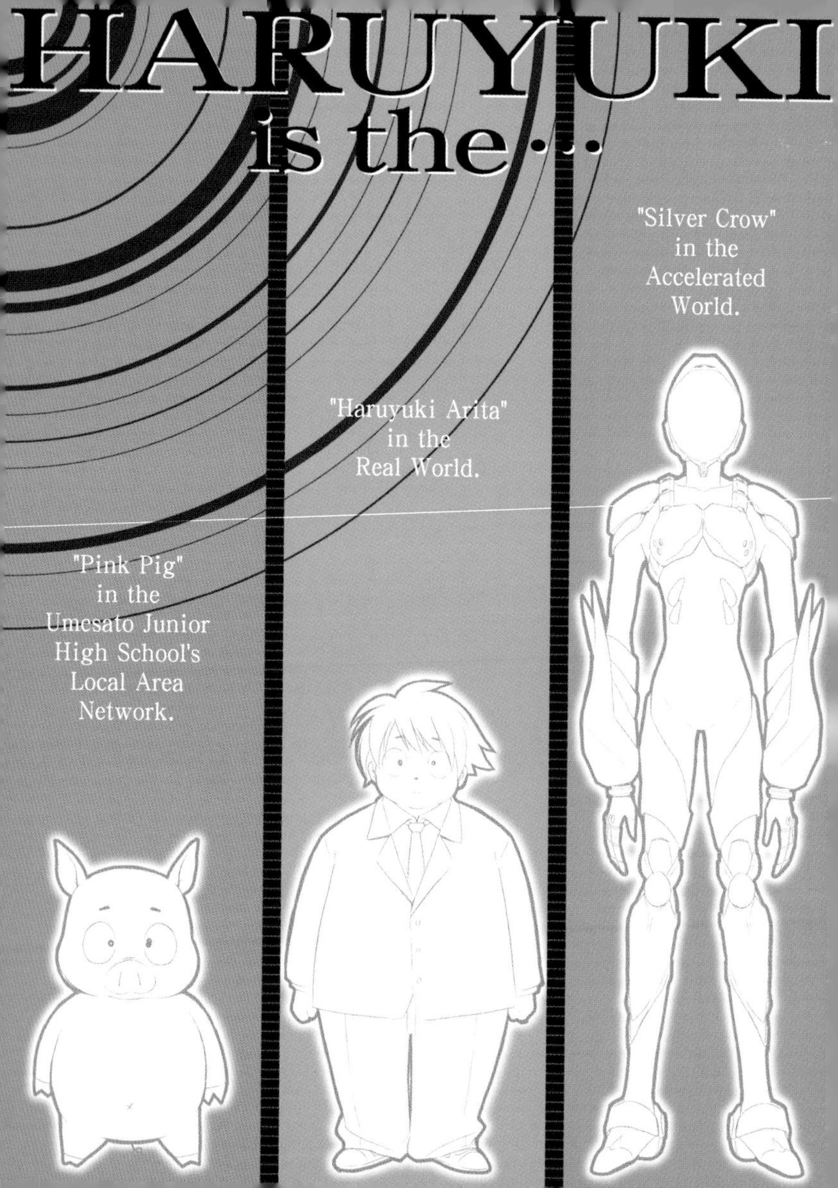
HARUYUKI
is the…
"Silver Crow" in the Accelerated World.
"Haruyuki Arita" in the Real World.
"Pink Pig" in the Umesato Junior High School's Local Area Network.

加速世界

Accel World

01 黑雪公主再臨

川原 礫
插畫 / HIMA

■黑雪公主＝梅鄉國中學生會副會長，是個清純聰慧的千金小姐。校內虛擬角色為自創程式『黑鳳蝶』。

■春雪＝有田春雪。梅鄉國中一年級生，體型略胖的他常遭人霸凌。擅長玩遊戲，但個性內向。校內虛擬角色為『粉紅豬』。

■千百合＝倉嶋千百合。春雪的青梅竹馬，是個愛管閒事又活力充沛的少女。校內虛擬角色為『銀色的貓』。

■拓武＝黛拓武。參加劍道社的美少年，是春雪和千百合從小就認識的朋友，但現在跟春雪他們就讀不同國中。

■荒谷＝梅鄉國中的不良少年，霸凌春雪的主嫌。

■神經連結裝置＝以量子無線通訊技術與大腦連線，透過影像與聲音等媒介，對所有感官都能提供訊息的攜帶型終端機。

■BRAIN BURST＝黑雪公主傳給春雪的神經連結裝置內應用程式。

■校內區域網路＝建構於梅鄉國中校內的區域網路，用於點名與授課等用途。梅鄉國中學生在校內時，都必須義務性地隨時連結校內網路。

■連結全球網路＝連上全球網路的動作。梅鄉國中校內禁止連結全球網路，僅提供校內區域網路供師生使用。

Accel World

1

虛擬黑板的右上方，出現了一個閃爍的黃色信件圖示。

上課上到發呆的春雪不由得縮起脖子，移動雙眼的焦點。

視線這麼一轉，占據整個視野的深綠色黑板立刻轉為半透明，排列整齊的學生背影，以及站在更遠處的老師身影都變得極為鮮明。

從教室、學生到老師，都確實存在於現實中，但透明的黑板和黑板上密密麻麻的算式則不一樣。老師寫在空中的數字跟記號，是透過裝在春雪脖子後方的「神經連結裝置（Neuro Linker）」，直接於腦內形成影像資訊。

年約半百的數學老師在只有他看得見的黑板上，極不自在地以什麼用具都沒拿的手指比劃，同時嘟嘟囔囔地解說著各種公式。他說話音量很小，在現實世界中根本不可能傳進春雪的耳裡，但纏在老師脖子上的神經連結裝置會對聲音進行增幅與鮮明化的處理，最後送進春雪的腦中。

他將視線拉回近處，比先前寫了更多項算式的黑板便再度轉為實體。看樣子剛剛寄來的這封郵件，並不是老師發給學生的作業壓縮檔。既然不是老師發的，而且現在又跟全球網路隔離，那就表示這封信是同一間學校的學生送來的。

說不定是女生違反校規，在課堂中送來表示好感的訊息？這種期待他早在上了國中的這半年內就已經丟開了。春雪打從心底希望可以連看都不看，就直接把這封信拖到視野左下角的垃圾桶裡，但若真的做出這種事來，後果可就不堪設想了。

春雪心不甘情不願地抓準老師轉過身的空檔，右手舉向空中（這個動作是在現實而非虛擬世界中所做），用指尖點選郵件圖示。

這一瞬間，出現了「噗霹叭啵噗霹」一連串絲毫沒有品味可言的音效，搭上一陣彷彿原色洪水般的圖像，淹沒了春雪的聽覺跟視覺。之後就開始播放由語音而非文字構成的信件本文：

【對小豬下令今天的指令！（背景還有好幾個人哈哈大笑的聲音）。午休時間開始後五分鐘以內，準備好兩個炒麵麵包、一個奶油菠蘿麵包跟三罐草莓優格，拿到屋頂上來！敢遲到就處以肉包刑！敢打小報告就處以叉燒刑！（又是一陣爆笑）】

——左臉頰隱約可以感覺一道道黏膩的視線，但春雪擠出所有的意志力，努力固定脖子不回頭看。原因很簡單，因為要是看過去，只會被荒谷跟他的手下A、B嘲笑，更加自取其辱。

課堂上當然沒辦法錄製這樣的語音郵件，更別說還添加視聽覺上的特效，所以這封郵件多半是事先就做好的。這些傢伙也未免太閒了，而且什麼叫做「下令指令」？你們這群大白痴，意思根本就重複到啦！

儘管腦子裡這麼痛罵，春雪當然不敢罵出聲音來，更別說回信了。如果說荒谷是那種不管時代多進步都不會絕種的蟑螂級笨蛋，那麼一直以來任憑他欺負的自己就是個更加愚不可及的呆子。

事實上，只要他能有一點點膽識跟行動力，包括這封郵件在內，他儲存下來的「物證」已經多達數十件。只要提報給學校，要讓校方處罰他們應該輕而易舉。

然而春雪卻無法不去設想接下來會發生的事情。

就算神經連結裝置已經普及到號稱全國國民人手一台，而且人民的生活有一半都是在虛擬網路上度過，但人類終究擺脫不了「血肉之軀」這個枷鎖，繼續被綁在低次元的世界。每天三餐時間到了肚子還是會餓、還是要上廁所，而且——被人揍了還是會痛，痛得哭出來時更是悲慘得讓人想死。

說什麼升學跟升等取決於連線技能，這終究只是巨大網路企業的形象文宣。到頭來一個人的價值，仍然取決於外貌和力氣這些非常原始的參數。

這就是國小五年級時體重就已經超過六十公斤、跑五十公尺時秒數從未低於十秒的春雪，在十三歲時歸結出來的結論。

早上請母親儲值到神經連結裝置裡的五百圓午餐費，在被迫請荒谷他們麵包跟飲料後就完全見底。儘管省吃儉用存下了七千出頭的零用錢，但那已經是他的全部身家。一旦動用這筆錢，就會買不起這個月即將上市的神經連結裝置專用的遊戲軟體。

春雪龐大的身體油耗量異常地大，只要少吃一餐飯，就會因為空腹而頭暈，但今天他也只能忍耐了。至少他還有方法能撐過允許學生進行「完全潛行（Full Dive）」的午休時間。

只見他將圓滾滾的身體縮得不能再縮，走向幾乎全是專科教室的第二校舍。如今從理科的實驗到家政科的烹飪實習，都是以虛擬授課方式進行，讓這整棟第二校舍都逐漸失去用途，也因此沒什麼人會踏進這裡。尤其午休時間更是看不到學生的蹤影。

堆積許多灰塵的走廊角落有間男生廁所，這裡就是春雪專用的藏身之處。他無精打采地躲進廁所，嘆了口氣停下腳步，朝洗手台前的鏡子看了一眼。

從模糊的鏡面上回視自己的，是一名「遭到霸凌的胖學生」。如果這是一齣電視劇，他一定會吐槽：這也未免太老套了吧。

不聽話的頭髮往四面八方亂翹一通，兩頰的曲線沒有一絲銳利可言。制服的領帶和銀色的神經連結裝置就像執行吊刑般，陷入了鬆鬆垮垮的脖子。

他也曾想過要改善一下這樣的外表，於是有段日子幾乎完全不進食，甚至還訂出根本辦不到的慢跑計畫。但結果卻是午休時間因為貧血而昏倒，還犧牲了好幾個女生的便當，創造出一段差勁透頂的傳說。

發生那件事之後，春雪就決定放棄現實中的自己，至少在學階段是如此。

春雪只用零點一秒就將視線從鏡子上轉開，走進廁所裡最角落的一間隔間。他牢牢上了鎖，放下馬桶蓋，接著坐了上去。他早已習慣塑膠被自己的身體壓得茲茲作響的情況，因此也不再多想就將背靠到水槽上，放鬆全身，閉上眼睛。

口中唸誦的，是一段能讓他的靈魂擺脫沉重肉體束縛的魔法咒語——

「直接連結(Direct Link)。」

神經連結裝置收到語音指令，將量子連線等級從視聽覺模式提升到全感覺模式，全身的重量與那種揪緊胃般的空腹感，瞬間從春雪的身上消失。

馬桶蓋硬梆梆的觸感和制服太小的感覺也都跟著消失。從遙遠的運動場上傳來的學生歡呼聲、瀰漫整間廁所的清潔劑氣味、就連眼前平淡無奇的門板也融入黑暗而消失無蹤。

「完全潛行」。

連重力感都被截斷，春雪只覺整個人都在黑暗中下墜。

但隨即有一陣柔和的飄浮感和七彩虹光籠罩他全身。從雙手雙腳的前端，逐漸形成完全潛行時所用的「虛擬角色(Avatar)」。

黑色的蹄狀手腳，胖嘟嘟的四肢，圓球般的軀幹上則有著鮮明的粉紅色。雖然自己看不到，但臉孔中央應該有突出一個前端平坦的鼻子，兩旁還垂著一對大耳朵。用一句話來形容，就是一頭粉紅色的豬。

他以這外型滑稽的虛擬角色咚地一聲落地，來到了一處一看就像文部科學省（註：相當於教育部科學處）會推薦的童話風格森林中。

森林裡隨處可見巨大的香菇，而一處灑下耀眼陽光的圓形草地中央，則湧出水晶般的泉水。草地外圍圍著一圈樹幹內中空的巨大樹木，樹幹內側不但分成很多樓層，還以樓梯連接，以便讓師生用來交誼聊天或娛樂。

這個虛擬空間，就是位於東京都杉並區的私立梅鄉國中所設立的校內區域網路。

森林中三三兩兩結夥成群談笑的形體，也幾乎都不是人類。以兩隻腳行走的擬人化逗趣動物造型占了半數；剩下的則有長著翅膀（但卻不會飛行）的妖精、鍍錫材質的機器人，以及穿著長袍的魔法師。這些全都是潛行於區域網路中的梅鄉國中師生。

學生可以自由選擇並修改校方所準備的多種素材，來設計自己的虛擬角色。只要夠有耐心，甚至還可以運用校方準備的編輯軟體，從頭塑造出完全原創的造型。而儘管技術跟品味終究都還是國中生的水準，但春雪在四月亮相的自製黑騎士虛擬角色就曾經大受矚目。

但這種光彩的日子卻非常短暫。春雪嘆氣低頭看了看自己現在的模樣，黑騎士的虛擬角色轉眼間就被荒谷搶去，還強迫春雪使用現在這個預設的小豬造型。

當然如果純以獨特性來看，這頭粉紅豬也一樣搶眼，因為沒有人會選這麼自虐的造型來用。春雪就跟在現實世界中一樣，拚命縮起圓滾滾的身體，小跑步跑向一棵樹。

就在這時，他發現中央的泉水邊已經圍起了一個特別大的圈子。一邊奔跑一邊投以視線的春雪，不由得放慢了腳步。因為他在這個由學生圍成的圈子正中央，看到了一個平常很難有機會看到的稀有虛擬角色。

那絕非預設的造型——一件漆黑的禮服鑲上了透明的寶石，手上拿著折起的黑色陽傘，背後則有著許多虹彩脈紋的黑鳳蝶翅膀。

一頭長直髮緊貼的雪白臉孔美得無可挑剔，令人難以相信那是學生自製的造型。設計的技巧就連春雪也望塵莫及，想必在專業領域也能吃得開。

春雪知道這名讓纖細身軀端正地倚在巨大的香菇上，以慵懶表情聽著周圍其他虛擬角色說話的人，就是在學生會擔任副會長的二年級女生。真正驚人之處，是這副虛擬角色幾乎完美地重現了她現實生活中的美貌，也因此學生們為她送上了一個外號——

「Snow Black」，也就是「黑雪公主」。

哪怕除此之外再也沒有其他共通點，那樣的完美人物和自己同樣就讀梅鄉國中這點，就已經讓春雪覺得難以置信。光是像現在這樣投以虛擬的視線，都覺得只會平添自慚形穢的渺小感，讓春雪不由得地強行將脖子轉回正面。

他全力飛奔所向之處，是一棵設有娛樂空間的大樹。說穿了就是遊戲區，不過這裡當然完全找不到像市面上賣的那些ＲＰＧ類作品或是戰爭遊戲，擺的不是問答或益智遊戲之類的智育類遊戲，就是健全的運動遊戲，但各個遊戲區仍然圍滿了學生，還不時傳出歡呼聲。

他們都是從自己教室的座位上或是學生餐廳裡進行完全潛行，現實世界中的身體在潛行過程中都無人看管，但對潛行中的人惡作劇是明顯違反規範的行為，除了春雪以外並沒有人會擔心這點。還記得大概是在剛進學校不到一個月的時候吧，當時春雪從教室潛行到區域網路內，一回來才發現制服的褲子已經被脫下來了。

春雪將現實世界中的肉體藏進廁所，就連在虛擬空間裡也都躲著人們的目光，沿著刻在樹幹上的樓梯往上跑。樓層越往上，設置的遊戲就越沒有人去玩。

一路經過棒球、籃球、高爾夫球、網球區，連桌球的樓層也視若無睹，最後來到了「虛擬壁球遊戲」區。

這裡連一個學生都沒有。遊戲不受歡迎的理由非常明顯，因為這是一種極為孤獨的運動。所謂的壁球儘管乍看之下和網球有點相像，都是用球拍擊球，但球卻是打向一個上下左右與正面都由牆壁圍繞的空間，玩家只需自己默默地將彈回來的球打回去即可。

本來春雪喜歡的遊戲類型，是拿著衝鋒槍在戰場上衝鋒陷陣的ＦＰＳ（註：ＦＰＳ為First person shooter的簡稱，又稱第一人稱射擊遊戲。玩家可透過顯示設備模擬主角的視點，身歷其境感受遊戲場景，並進行射擊、運動、對話等活動），就算跟最盛行這類遊戲的美國玩家相比，他的技術也是有過之而無不及。這個遊戲類別在日本當然也很受歡迎，但校園網路裡當然不可能準備這樣的遊戲，而且——就讀國小時，有一次他只拿著一把手槍就宰了全班男生，隔天就被整得非常慘，讓他留下了痛苦的回憶。從那之後春雪就對自己發誓，無論玩任何種類遊戲，他再也不跟學校裡的人一起玩了。

春雪走到空蕩蕩的場地最右端，一隻手放到操作面板前。他的學號立即被輸入進去，讀取出先前所儲存的遊戲等級與最高分記錄。

他從第一學期期中左右就開始用這款遊戲來消磨每天的午休時間，結果分數越飆越高，高得讓人看不下去。雖然他早已玩膩，但除了這裡他也沒有別的地方可以去。春雪以前端長著黑蹄的粉紅色右手，牢牢握住從面板上浮出的球拍。

顯示出「遊戲開始」的字樣後，接著就有一顆球憑空掉了下來。春雪猛力揮動球拍擊球，發洩今天一整天無處可發的鬱悶。

只留下一瞬間的閃光，彷彿化為一道雷射的球體就筆直向前飛，分別在地板跟正面牆上反彈過後才飛了回來。春雪靠著幾乎已經超越視覺的反射神經掌握住球的動向，遵循大腦自動導出的最佳解讀，身體往左挪出一步，同時以反手拍回球。

現實世界中的春雪當然做不出這種動作，但這裡可就不同。這裡是可以擺脫一切現實世界束縛的電子世界，一切行動只需藉由在大腦與神經連結裝置之間往返的量子訊號。

打出去的球立刻失去實體，化為一段在球場中閃過的模糊軌跡。叩叩作響的音效聽起來就像機關槍的槍聲，短短一秒內就反覆了許多次。儘管如此，春雪仍然讓這副小豬軀體往四面八方跳躍接球，球拍更是往全方位揮得虎虎生風。

可惡——我才不需要什麼現實世界！

儘管面臨極限的遊戲速度，卻還是甩不開雜念，充滿怨恨的叫聲迴盪於腦海中。

為什麼需要在現實世界中弄出教室或學校這種無聊的東西？人類已經可以只活在虛擬世界中，而且已經有數不清的成年人也紛紛這麼做。過去甚至有人進行了實驗，將人的意識原原本本地轉換成量子資料，企圖建構出一個貨真價實的異世界。

但社會卻以要讓小孩學習集體生活或培養情操這些蠢得可以的理由，將他們一起丟進現實的牢籠中。荒谷他們當然無所謂，畢竟他們來上學不但可以藉機發洩壓力，又能節省零用錢，可是我——往後我該怎麼辦才對？

叮咚兩聲響起，顯示於視野角落的遊戲等級往上升了一級。

球體猛然加速，反彈的角度也變得不規則，劃著出人預料之外的軌道朝春雪飛來。

春雪的反應漸漸跟不上了。

該死，我要加速——我還要更快！

不管是虛擬或現實世界，都能以速度衝破一切的阻礙；他需要能衝到無人場所的——

極速！

手上的球拍呼的一聲揮空，化為光線的球體掠過春雪的臉頰，飛到他身後消失無蹤。一聲令人喪氣又滑稽的音效響起，顯示遊戲結束的字樣掉了下來，在球場上彈跳著。

春雪選擇不看閃爍的高分記錄，而是垂頭喪氣地轉向操作面板，準備再來一場。

就在這時，一道突如其來的吶喊聲撼動了春雪神聖的藏身之處。

「啊——！原來你都躲在這種地方！」

這聲尖銳的叫聲讓春雪不只耳朵刺痛，連腦袋都跟著酸麻，整個人緊張得背部僵硬。他轉過頭一看，就看到一個同為動物造型的學生虛擬角色。

雖說同樣是動物造型，但對方的模樣卻不像春雪的粉紅豬那般滑稽，而是一隻體態強韌修長，全身皮毛銀中泛紫的貓。這隻貓的一邊耳朵跟尾巴前端都繫著深青色的絲帶。雖然不是從頭用多邊形拼成的，但各個部位的參數都經過了相當多的調整。

這隻有著金色虹膜眼睛的貓泛起怒色，張大了長著小小牙齒的嘴，又大聲喊了一次：

「小春你最近一到午休時間就跑不見，害我一直在到處找你，你知道嗎？玩遊戲是無所謂，可是何必來玩這種小眾的玩意，到樓下跟大家一起玩不就好了？」

「……愛玩什麼是我的自由，不要管我。」

春雪好不容易擠出這句話回嘴後，就作勢要轉回去面對球場。然而銀色的貓卻忽然伸長了脖子，朝遊戲結束的字樣一瞥，接著用更尖銳的聲音大喊：

「咦咦？這什麼分數……152級，263萬分？你……」

——還挺厲害的嘛！

哪怕只有一瞬間，春雪還是虛榮地期待對方會說出這句台詞，但這隻貓卻不當一回事地辜負了他的期待。

「你白癡啊？連飯也不吃，就為了玩這種東西？馬上給我下線！」

「……我才不要。午休時間明明還有三十分鐘，我才要叫妳滾一邊去咧！」

「哦，是嗎？既然你用這種態度對我，我可要來硬的了。」

「有本事妳儘管試試看。」

春雪小聲地頂了這句話，重新握好手上的球拍。校園網路的虛擬角色並沒有設定「命中判定（註：射擊遊戲或對戰型格鬥遊戲等動作遊戲，會於顯示器上表示出敵、我角色承受攻擊的範圍）」，校方以「防止學生做出不適當行為」為由更改設定，讓學生無法碰觸到其他學生的虛擬角色。因此要強行讓別人下線根本是不可能的。

貓型虛擬角色先極力伸長舌頭做了個鬼臉，才大喊一聲：

「登出連線（Link Out）！」

緊接著這隻貓就消失無蹤，現場只留下一陣光的漩渦與鈴聲般的聲響。

春雪心想：煩人的傢伙終於走了。於是短促地用鼻子呼了口氣，吹開少許的寂寥。就在這一瞬間。一陣有點讓人笑不出來的衝擊襲向腦門，讓周圍的光景全都消失無蹤。現實生活的光景就像一陣從遙遠黑暗處拉近放大的光點般，重新覆蓋整個視野。

春雪感覺到自己的體重沉重地壓在身上，同時拚命扎著眼睛對準焦點。

這裡是他原先所待的男生廁所隔間，但他第一眼看到的，卻不是本來應該存在於眼前的藍灰色門板，而是一個他萬萬沒有想到的人物。

「妳……這……？」

一名女學生雙手抱胸站在自己眼前，她制服外套上的絲帶顏色跟春雪身上的一樣，都是代表一年級的綠色。

她的個子很小，看上去重量像是只有春雪的三分之一。留著一頭俏麗短髮的她將瀏海固定於右上方，並以藍色髮夾夾住。宛如貓科動物般小巧的臉部輪廓上，有雙不相稱的大眼睛，而這對大眼睛正燃燒著怒色瞪向春雪。

她的左手上提著一個小籃子，右手則直直伸到春雪頭上，握緊了小小的拳頭。看到她這樣，春雪才終於領悟到自己的完全潛行為何會突然被打斷。原來是這個女生用她的拳頭敲了春雪的腦袋，而這個衝擊觸發了神經連結裝置的「保險裝置（safety）」，讓他自動脫離了連線。

一般情形下，光是搖搖肩膀或是大聲呼喊，都可以觸動保險裝置，有些比較神經質的女生甚至會設定成只要有人接近到方圓一公尺以內就會自動下線。春雪之所以會直到腦門挨了一拳才發現有人入侵，是因為他躲在廁所的隔間裡，將觸動保險的等級調到最低。

「妳……我說妳啊！」

春雪震驚之餘，不忘朝著整間學校裡唯一不會讓他緊張，還能正常交談的女生大喊：

「妳在搞什麼啊！這裡是男生廁所耶！而且我還有上鎖……妳白癡啊！」

「你才是白癡！」

這位跟春雪從小就認識的朋友，同時也是穿著裙子就翻越男生廁所隔間牆壁的強者──倉嶋千百合──以不悅的聲音回完這句話，接著翻過右手，反手打開了身後的門鎖。

她以輕快的動作跳出了隔間，一頭柔亮的咖啡色頭髮讓春雪看得不由得瞇起了眼睛。千百合對他露出一絲笑容，要他趕快出來：

「好了，趕快出來啦！」

「……好啦。」

春雪強吞下嘆息聲，起身時還帶得馬桶蓋唧唧作響。隨後他追上走向出口的千百合，拋出了另一個疑問：

「……妳怎麼知道我在這裡？」

千百合沒有馬上回答，而是先把頭探到男生廁所外，確定外面沒有人之後迅速地溜到走廊上，才簡短地回答：

「剛剛我也待在屋頂上，所以就跟了過來。」

這就表示——

「……妳都看到了？」

春雪停下就要踏到走廊上的腳步，低聲說出這句話。

千百合低著頭，彷彿小心斟酌遣詞用字般，讓背部靠到裡邊的牆上後才點了點頭說：

「……我，不會再提那些傢伙的事了，既然小春你決定這樣……我也沒有辦法。可是飯還是要吃啦，不然對身體不好。」

千百合擠出有點生硬的笑容，遞出了左手提的籃子。

「我做了便當來，只是不能保證味道會有多好啦。」

——春雪覺得自己悲慘到了極點。

他想從千百合的言語和行為中，找出超越憐憫之上的感情。而自己的這種心態又讓他覺得好沒出息。

原因很簡單，因為千百合已經有了正式在交往的男朋友。這個對象是另一名從小就認識的朋友，但對方各方面都和春雪形成了鮮明的對比。

春雪任憑自己的嘴不由自主地張開，以異樣平板的語調搭話：

「……做給阿拓吃剩的才給我喔？」

千百合的表情立刻蒙上陰影。春雪不敢看她皺緊的眉頭下有著什麼眼神，只好將視線往下轉到走廊上。

「才不是呢，阿拓的學校都是吃營養午餐。這個……這三明治只有包馬鈴薯沙拉跟火腿起司，都是小春你喜歡吃的，不是嗎？」

看到白色的籃子進入視野，春雪伸出右手想要輕輕推開。

但現實世界中動作遲緩的身體以違背春雪本意的劇烈動作，從千百合手上拍掉了籃子。籃子應聲砸在地板上，蓋子也瞬間彈了出去，水藍色的蒸籠紙內側跳出了一、兩個切成三角形的變形三明治。

「啊……」

春雪反射性地想要道歉，但腦海裡卻忽然情緒沸騰，讓他沒能將該說的話說出口，甚至連頭也抬不起來，於是他就這麼低著頭退開幾步，大喊一聲之後轉身跑開。

「我……我才不需要！」

春雪痛切地想要當場離線登出，但這當然是不可能的。至少他已經拚命地跑，但現實世界中的身體卻十分笨重，讓他無辦法逃離背後傳來的小小啜泣聲。

春雪帶著糟透的心情，左耳進右耳出地聽完下午的課跟班會時間，就趕忙逃出了教室。

隔兩間教室就是千百合的教室，照理說他應該要在這間教室外、校門前，又或者是回家路上的必經之處等她，好好向她道歉，但春雪卻將這個內心的聲音推到意識角落，跑進了另一個被他當成藏身處的圖書館。

到了這年頭，圖書館這種地方本來已經可以功成身退，但卻有些成年人覺得以紙張作為媒體的書本就和學校空間一樣，是兒童教育中不可或缺的存在，因此才會有這些怎麼看都覺得是在浪費資源跟空間的全新書背排在書架上。

當然也多虧了這種政策，春雪才得以在校內保住寶貴的個人空間，所以他也沒立場抱怨。他先抱起兩、三本精裝本書籍作為掩護，再將自己關進牆邊的閱讀區，讓身體擠進狹窄的座位上，之後就以最小音量說出能讓連結裝置辨識的完全潛行指令。

由於從放學之後才過了短短幾分鐘，校內網路內還是門可羅雀。為了趁現在躲進老地方，春雪以高速穿越草皮，爬上樹幹。

虛擬壁球遊戲區當然還是連一個人影都沒有。其實他不怎麼想玩這種單純的擊球遊戲，最好是可以玩一下血肉橫飛的戰爭遊戲來發洩胸口的鬱悶，但校園內連不上全球網路，又禁止執行遊戲軟體，實在是無可奈何。

空腹已經超出春雪能夠承受的極限，但他還是不想馬上回家。要是在回家路上撞見千百合，他根本不知道該擺出什麼樣的表情，說些什麼樣的話才好。不，說穿了當然只要道歉就好，但他根本沒有自信能讓自己的嘴乖乖聽話。

——記得那時候也是一樣啊。

他差點想起以前曾經在大同小異的情形下把千百合弄哭，於是緊緊閉上了眼睛。他就這麼閉著眼睛，將右手伸到操作面板上進行登入。

他摸索了一下後抓住球拍，再轉過身來正對著球場。

接著睜開眼睛，準備將滿心的鬱悶發洩在掉下來的球上——

這時春雪忽然全身僵住。

顯示於球場正中央的原色立方體字形，顯示出了一串與他記憶不符的數字。

「１６６……級？」

比起春雪才剛在幾小時前更新的級數，整整超出了十級以上。

一瞬間春雪想不通為什麼，照理說分數應該會照學號個別管理，但他立刻就恍然大悟。當時由於春雪是被千百合一拳敲得強制離線，遊戲狀態也就維持了下來，所以只要有人接手繼續玩，確實可以刷新春雪的得分記錄。然而……

除了自己以外，到底是誰打出了這種離譜的分數？

春雪之所以還能勉強維持瀕臨崩潰邊緣的自尊，靠的全是完全潛行環境下的VR（註：Virtual Reality的簡稱，即為虛擬實境。利用以電腦為核心的高科技技術構成一個三維的虛擬環境，讓使用者有身歷其境的感覺）遊戲技術。雖然說勝負取決於頭腦好壞的問答或桌上型遊戲必須除外，但如果是靠反射神經定勝負的槍戰遊戲、動作遊戲或競速遊戲，春雪自負在學校裡沒有人能夠贏得過自己。

他從來沒有在學校炫耀過這點。打就從讀國小開始，他就已經學到了太多教訓，知道自己出風頭不會有什麼好下場。以前他一直覺得自己的功力根本不用特地去印證，但是看到這個壁球遊戲的驚人得分……

就在這時──

背後傳來了某人說話的聲音，但不是千百合的聲音。說話者是一名女性，她那低沉的嗓音宛如絲綢般順滑。

「這離譜的分數就是你打出來的？」

春雪戰戰兢兢地回過頭去，就看到站在他眼前的是──

身穿黑底鑲銀的禮服，彷彿拄著手杖或長劍般將傘頂在地板上，有著純白的肌膚與一雙漆黑眼睛的──「黑雪公主」。

這個學校最有名的人將她那雖然只是個虛擬角色，卻不帶絲毫數位氣息的豔麗美貌微微往旁一側，無聲地往前踏出幾步。

黑雪公主讓全身上下唯一有著色彩的紅色嘴唇浮現出一絲微笑，接著說道：

「少年，你想不想……『加速』到更快的境界？」

要是你有這個意思，明天午休時間就到交誼廳來。

黑雪公主留下這句話之後，就很乾脆地登出了。

她的虛擬角色留在春雪視野內的時間，多半不到十秒。整件事來得太超脫現實，甚至讓春雪懷疑是區域網路的臭蟲讓他看到了幻覺，但持續飄浮於球場上的驚人分數卻是不爭的事實。

春雪甚至已經不想挑戰刷新記錄，登出之後就這麼呆坐在圖書館的閱讀區裡。然而，唯獨那三句話始終在腦海中無限次地重複播放。以一個國中女生而言，黑雪公主說話的語氣未免太過老氣橫秋，但配上她那壓倒性的存在感，就不覺得哪裡不協調，反而讓人覺得難怪她不只受男生歡迎，連在女生之間都有著莫大的人氣。

不久後，春雪踩著夢遊般的腳步走出學校，踏上歸途，途中整副身體幾乎像交給電腦自動駕駛般失魂落魄。若非神經連結裝置以視聽覺模式顯示出交通預測導航資訊，說不定他已經被車撞到兩、三次了。

回到位於高圓寺地區的高層公寓大樓，走進無人的家裡，春雪做的第一件事就是加熱冷凍披薩，配著碳酸飲料吃個精光。他的雙親很久以前就已經離婚，現在則和母親同住。但由於母親都要到午夜以後才會回家，使得春雪只有每天上學前伸手拿午餐錢的短暫時刻可以見到她。

用垃圾食物填飽肚子後，春雪就把自己關在房間裡。平常這種時候，他都會連上全球網路，把常逛的網站逛過一遍，之後就在歐洲等海外戰場衝鋒陷陣幾個小時，再用剩餘的力氣解決作業才去睡。但今天他實在提不起勁，什麼事都不想做。

也不知道是否因為發生了太多事情，腦袋宛如腫脹般沉重。春雪換好衣服，卸下神經連結裝置之後，就砰的一聲倒到床上。

然而這一覺卻不算睡得安穩。荒谷他們的嘲笑、千百合的眼淚，以及黑雪公主語帶神祕的話，都反覆出現在夢中，讓春雪輾轉難眠。

你想不想……「加速」到更快的境界？

夢裡出現的黑雪公主不是虛擬角色，而是現實世界中的學生會副會長。照理說春雪應該只看過她在全校集合的講台上，超然自得但面無表情的模樣。但不知道為何，夢裡的她嘴唇上卻浮現彷彿想勾引人的小惡魔式微笑，還在春雪的耳邊輕聲細語：「到我這邊來。」

2

沒錯，這一切都是夢，包括昨天在區域網路內的遭遇在內都是一場夢。

隔天星期三，帶著一貫憂鬱表情上學的春雪懷著這個念頭，走進了教室。

課堂充滿似曾相識的感覺，荒谷他們又寄來了惡作劇的郵件。雖然這還是第一次連續兩天被敲詐午餐，但指定的餐點卻跟昨天一樣是炒麵麵包跟奶油波蘿麵包。春雪心想：你們也太愛吃這些玩意了吧？隨即關掉郵件，隨著午休鐘聲的響起站了起來。

但他那慢吞吞的腳步，卻不是走向荒谷他們叫去的屋頂，而是前往位於校舍一樓學生餐廳隔壁的交誼廳。

不同於便宜長餐桌排得密密麻麻的學生餐廳，呈半圓形的交誼廳裡擺設的是頗有風情的白色圓桌，而且桌子與桌子之間留了足夠的間隔。從大型的採光玻璃窗看出去，可將已染上秋色的中庭樹木一覽無遺，無疑是整個梅鄉國中裡最上等的空間。

也因此這裡有個不成文規定，就是一年級生不能進來享受這個空間。圍在桌旁的學生所繫的絲帶跟領帶不是藍色（二年級）就是胭脂色（三年級），沒有一條是綠色。

高年級生裡有一半都單手端著咖啡杯或紅茶杯談笑，另一半則靠在椅背頗高的座椅上閉著眼睛。他們不是在睡覺，而是完全潛行到校園網路中。

春雪先利用入口處的盆栽，勉強遮住了自己龐大的身體，窺探交誼廳內的情形。

她不可能會在這哩，昨天一定是自己在作夢，八成就是這樣錯不了。然而——

「……還真的在咧……」

春雪不由得倒吸一口氣。就在交誼廳最裡面的一張靠窗桌旁，有個特別醒目的圈子。這個圈子裡有六名二、三年級生，仔細一看就會發現每張臉他都看過。想來他們都是學生會的成員吧，不管是男是女，儘管風格各有不同，但每個人都長得眉清目秀。

其中散發出強烈存在感的，就是一名以慵懶表情翻著精裝本書頁，制服上繫著藍色絲帶的女學生。一頭及腰的直髮有著這年頭少見的漆黑色，深灰色百褶裙下露出來的雙腳則裹在同為黑色的長襪中。而且不知為何，就連制服外套下的V字領襯衫都散發出黑色光澤。錯不了——她就是全梅鄉國中最有名的人物「黑雪公主」。

從交誼廳入口到這張最裡面的桌子，直線距離應該還不到二十公尺。但對春雪來說，這段距離卻讓他覺得幾乎趨近無限。要穿越裡頭的高年級生，一路走到那張桌子前面，這種大冒險他怎麼想都覺得自己辦不到。

還是來個向後轉，當場打退堂鼓吧。接著去學生餐廳的販賣部買好麵包跟飲料，送到屋頂上給荒谷他們。之後再把自己關到第二校舍的廁所裡，玩玩區域網路裡的單人遊戲，空虛地消磨時光。

——可惡！該死……我就走過去給你們看。

咬緊牙關的春雪從盆栽後面現身，一腳踏進了交誼廳。

高年級生的視線從周圍各桌聚集過來，不是他有被害妄想，而是這些視線中確實包含了責備與不快。要是剛入學還很難說，但已經到了第二學期後半，所有一年級生應該都已經知道這裡禁止他們進入的不成文條例。

但所幸並沒有人出聲責難。春雪拚命用不斷發抖的雙腳搬動沉重的身軀，從桌子與桌子之間穿過，一口氣幾乎就要喘不過來，但最後總算走到那張由學生會幹部占據的桌子前面。

最先抬起頭來的，是坐在最前方的二年級生。這名甩動一頭輕柔秀髮、側著頭思索的女生，對春雪投以摻雜些許訝異的笑容，以溫和的語氣問道：

「唉呀……請問找我們有何貴事？」

春雪說不出「我的確有事」這幾個字，說起話吞吞吐吐：

「呃……這個……呃……」

這時，其餘四名幹部也全都望向春雪。儘管他們的臉上沒有惡意，但來自周圍各桌的不悅視線已經讓春雪承受不住，眼看就要緊張得昏倒時，最後一個人的視線終於離開了書本上。

第一次從這麼近的距離用肉眼看到黑雪公主，本人果然比昨天看到（應該沒錯）的虛擬角色還美上好幾倍。剪齊的瀏海下有著輪廓鮮明的眉毛，眉毛下則有雙彷彿連白色的虹膜都染上一層漆黑般的眼睛，綻放出冷冽的光芒。如果說虛擬角色是黑玫瑰，那麼本人多半就是黑水仙。只是春雪也不知道這世上是不是真有這種花。

春雪做好了心理準備，等著這絕美的臉龐做出：「這個難看的一年級生是怎麼回事？」的表情。

然而事實卻令他打從心底震驚，因為黑雪公主的淡色嘴唇露出了讓春雪覺得眼熟的微笑，簡短地說了一句：

「你來啦？少年。」

她啪的一聲闔上精裝本書籍，對愣愣站著不動的春雪招招手，同時往桌旁的幹部一瞥。

「是我有事找他。不好意思，可以讓個位置出來嗎？」

後半句話是對坐在她隔壁的三年級男生說的。這名留著短髮，身材頗高的高年級生，露出等著看好戲的表情站起身來，以手掌示意春雪坐下。

春雪含糊地道了謝，將圓滾滾的身體努力縮到最小，坐到座位上。纖細的座椅嚴重發出抗議聲，但是黑雪公主似乎不當回事，只見她在制服外套的左邊口袋找了找，拿出了一條細長的物體。

那是一條外層以銀製細線阻隔，電線兩端各附有一個小插頭的傳輸線。她以左手往後攏起一頭長髮，右手拿起一邊接頭，插到了她那細得令人難以置信的頸子上所裝的神經連結裝置（裝置本身當然也是漆成鋼琴黑）插孔上，之後就以不經意的動作將另一個插頭遞向春雪。

這個動作就讓全交誼廳裡看著事情發展的學生開始喧嘩起來，其中甚至有人尖叫著喊出「不會吧！」或是「不會吧，怎麼可以這樣？」之類的話。

而春雪也一樣被這個動作嚇得額頭直冒冷汗。

「有線式直接連線」。

黑雪公主現在就是要春雪和她進行這種簡稱直連的動作。一般情形下，神經連結裝置都只以無線方式，透過所在處的區域網路伺服器來跟他人連線，兩者之間存在著無數道安全防護機制。然而若以有線方式直接連線，有九成的防護都會失效，只要有著一定程度的連線技能，就可以偷看對方的私人資料儲存區，甚至植入有害的程式。

也因此，通常人們只會跟自己最信賴的對象——例如家人或是男女朋友進行直連。換個角度來看，也就表示會在公共場合直連的男女，有九十九％都已經進行交往。甚至存在著一種毫無技術性根據的習俗，認為線的長度就代表兩者之間的親密度。

現在黑雪公主遞出來的ＸＳＢ線大約兩公尺長，但現在這個情形的問題並不在於這條線的長短。春雪盯著閃閃發光的接頭猛瞧，好不容易才擠出聲音發問：

「……請、請問，我該怎麼……」

「除了插到你脖子上以外，還能有別的用途嗎？」

二話不說就被如此斷言，讓春雪差點昏倒。但他還是用顫抖的手指接過插頭，摸索一下後便插入自己的神經連結裝置上。

緊接著眼前就開始閃爍「有線連線」的警告標語。就在字樣淡去的同時，整間交誼廳的光景中，只剩眼前黑雪公主的身影顯得異常鮮明。

泛起微笑的嘴唇明明一動也不動，但流暢的說話聲音卻迴盪在春雪的腦中：

『不好意思，還要你特地跑一趟，學弟。你會用思考發聲嗎？』

她指的是不動嘴唇，僅透過連線裝置來對話的技術。春雪點點頭回答：

『我會。請問……這、到底……是怎麼回事？是該怎麼說呢……是精心設計的惡作劇？』

本來還以為她會生氣，但黑雪公主卻微微側著頭，唔了一聲說道：

『也對……從某個角度來看，或許你也沒說錯。原因很簡單，因為我接下來就要把一個應用軟體傳到你的神經連結裝置裡。一旦你接受這項軟體，你現在所處的現實世界就會被破壞得不留痕跡，用你意想不到的形式重新建構。』

『……破、破壞……現實世界……』

春雪一臉茫然地複誦這句話。

他已經無暇顧及桌前觀看事態發展看得津津有味的學生會幹部，或是周圍起鬨的學生。唯有黑雪公主的這番話在他腦中一次又一次地反覆重播。

這名一身漆黑裝扮的高年級生看到春雪這種模樣，又再度露出笑容，並舉起右手做出一個讓修長白嫩的指尖滑動的動作。

咚的一聲，提示聲響起。

一個投影對話框顯示：【是否執行BB2039.exe？　ＹＥＳ／ＮＯ】

春雪應該早就看慣了這種系統提示，但現在他卻覺得這個視窗彷彿就像有自我意志般，催促他快做出決斷。

用常識來想，不熟的人透過直接連線送來這種不知內容為何的應用軟體，若真的按下執行，也未免太不思前顧後了，甚至當場立刻拔掉傳輸線都是理所當然的反應。然而春雪就是做不到，他只是低頭看了看自己縮在椅子上的身體。

——現實。我所面對的，現實。

笨重的身體、其貌不揚的外表，多次遭人欺凌、只會逃避到網路世界。但真正最無可救藥的，是不肯試圖改變現狀的自己。認為保持現狀就好，反正做了什麼都不會有所改變的自己。

春雪轉動視線，注視著黑雪公主那雙漆黑的眼睛。

接著過了零點五秒之後，他舉起右手在ＹＥＳ的按鈕上一戳。看到她白皙的容貌上浮現出些許驚訝的神色，一陣極小的滿足感落入了春雪心中。

『正合……我意。只要能夠……毀掉這個現實世界。』

幾乎就在他自言自語講出這句話的同時，竄起一道占滿整個視野的巨大火焰。

春雪不由得全身僵住，而這陣圍繞在他身旁的火焰洪流隨即匯集在他身前，形成了一個標題圖樣。設計風格絕對不算新奇，但其粗獷感令人聯想起上個世紀末流行的某種對戰型遊戲。

這排文字寫著──「BRAIN BURST」。

這款即將徹底改變春雪對於現實認知的軟體，就是這麼和他相遇的。

安裝軟體的過程持續了將近三十秒，以神經連結裝置用的軟體而言，容量算是相當龐大。

燃燒的標題字體下面有個進度條，春雪屏氣凝神地等待進度條達到百分之百。黑雪公主說這會破壞他的現實，這句話到底是什麼意思呢？

進度條消失之後，標題文字也像燃燒殆盡般的消失無蹤。橘色的餘火匯集成一串小小的英文字體，上面寫著「Welcome to the accelerated world」，而這串文字也隨即化為煙火消散。加速過的世界──這是什麼意思？

春雪就這麼停止呼吸將近十秒，等著事情發生。

但不管是自己的身體，還是周圍的光景，都看不到半點改變的徵兆。制服底下還是一樣汗流浹背，來自周圍各桌的責備視線也仍然有增無減。

春雪呼出一口細長的氣息，帶著訝異的神情看了黑雪公主一眼。

『請問……這個叫做「BRAIN BURST」的程式，到底是……』

春雪以思考發聲的方式發問，但黑衣高年級生臉上仍帶著微笑，答非所問地輕聲說：

『看樣子你順利安裝成功了。當然我早就確定你的資質足夠就是了。』

『資、資質？是指安裝這種程式的資質？』

『沒錯。只有具備高水準腦反射神經速度的人，才有辦法安裝「BRAIN BURST」，例如能在虛擬實境遊戲裡打出離譜高分的人，你說是不是？你看著幻影火焰的時候，程式就已經在檢查你的大腦反應速度了。要是資質不夠，根本連標題都看不到。不過……老實說你還真讓我有點吃驚，過去我就猶豫了將近兩分鐘，才決定收下這個怎麼看都覺得可疑的程式。你卻收得這麼乾脆，害我想好要用來說服你的台詞都白費了。』

『哦、哦哦……對不起。可是，這個，好像……怎麼都沒發生？這不是常駐程式，而是要自己啟動的嗎？』

『別這麼著急，接下來我得先讓你做好一點心理準備，具體的功能就等到你做好準備再來說明也不遲。別擔心，我們有的是時間。』

春雪朝著持續顯示於視野右下角的時鐘看了一眼。午休時間就快過了一半，怎麼想都不覺得這樣可以算是有的是時間。

儘管周圍那摻雜著好奇與嫌惡的氣氛已令他產生刺痛的感覺，但春雪仍然探出身子，下方的椅子立刻發出聲音抗議。

他早就已經聽慣這種聲音，但現在卻覺得連椅子都在嘲笑自己的醜陋與滑稽，讓春雪不禁咬了咬嘴唇。看到現實世界中自己這副德行，自然不可能會有什麼眷戀。只要能夠改變，不管是什麼樣的改變，他都準備欣然接受。

『……我已經做好了心理準備，請妳告訴我，這個程式……』

他才說到這裡。

一道春雪最不想聽到的聲音，就從他身後的交誼廳入口傳了進來。

「你這小子，豬……有田！不要給我裝傻！」

春雪反射性地縮了縮身體，從椅子上起身。轉過頭一看，這個臉紅耳赤站在入口處的人，就是午休時間時應該不會離開屋頂的荒谷。

就在春雪的表情從驚愕轉為恐懼的同時，荒谷的表情也從激怒轉為狐疑。因為春雪這一起身，讓先前完全被他龐大身軀遮住的黑雪公主，以及從她的連結裝置連到春雪身上的傳輸線全都露了出來。

全身僵硬之餘，春雪仍然敏感地察覺到除了學生會幹部之外，周圍學生的情緒都有了微妙的改變。看到同樣繫著綠色領帶的大個子荒谷跟又矮又胖的春雪，相信在場的每一個人都在瞬間猜到了他們之間的關係。然而這些學生表現出來的當然不是對荒谷的責難，而是一種覺得自己果然沒猜錯的神色。

不要說——現在不要說出來。

春雪拚命地在心中大喊，他絕對不想讓黑雪公主知道自己遭人霸凌的事。春雪朝著荒谷露出僵硬的笑容，想告訴他說自己事情辦完就會馬上買好麵包送到屋頂，所以請他等一下。

荒谷見狀，臉色更是激憤得面紅耳赤。春雪在一陣戰慄中，看到荒谷的嘴唇無聲地吐出臭肥豬這三個字。對於他和全校最有名的人直連時露出的笑容，荒谷完全會錯了意。

只見他那眼角上揚的眼睛露出兇狠的光芒，默默穿進了擋在學生餐廳與交誼廳之間的人牆。他那雙鞋跟已經磨損的室內鞋啪啪作響，筆直朝春雪接近。跟在他背後的手下A跟B，則以略帶緊張的神情跟了過來。

春雪腳下退開一步，心想：這下沒救了。

荒谷的身材十分修長，怎麼看都不覺得他跟春雪同為十三歲，而且聽說他還有練空手道，全身肌肉非常結實。他健壯的身上穿著較短的制服外套，讓一身淡紫色襯衫的下襬顯得頗長，長褲褲管也十分寬鬆。染成亮金色的頭髮宛如針插般豎起，在極細的眉毛和兩邊耳朵上的耳環妝點下，一對鳳眼顯得極具魄力。

梅鄉國中屬於私立的升學國中，但這個少子化現象極為嚴重的時代，幾乎沒有一間國中還設有入學考的制度。也因此，有時就會出現荒谷這種喜歡動粗的學生，打著可以輕鬆勒索肥羊的主意來就讀。

而入學當日就被這些人狠狠教訓過的春雪，對於在他眼前停下腳步，以幾乎隨時要撲上來般的眼神低頭瞪他的荒谷，也只能縮起身體，抬頭回視。

「你敢不把我放在眼裡？」

就在荒谷扭曲的嘴唇吐出這句台詞，嚇得春雪就要吐出求饒的話之際——

背後傳出黑雪公主發出冷淡卻充滿抑揚頓挫的聲音：

「我記得你是荒谷？」

聽到這句話，荒谷的表情先是一瞬間的震驚，隨即露出了討好的笑容。看樣子就連這種傢伙知道「大名鼎鼎的黑雪公主」記住了自己的名字，還是會覺得非常高興。

可是聽到她接著說下去的話，不只是荒谷，就連春雪都震驚得說不出話。

「有田都跟我說了，說多半是有人搞錯，才把你從動物園送到這間國中來。」

荒谷不禁張大了嘴，而全身不停顫抖的春雪則茫然地望著他。

「你……你……你在……」

春雪也滿心想和荒谷喊出一樣的話：

——妳在說什麼鬼話！

但這個念頭還來不及說出口，荒谷就發出了淒厲的怒吼：

「說什麼鬼話？看我宰了你這肥豬！」

荒谷就在全身猛然一顫、縮起身體的春雪眼前，高高舉起握緊的右拳。

同時一道尖銳的說話聲音在腦內對春雪喝令：

『就是現在！喊「超頻連線（Burst Link）」！』

春雪已經搞不清楚這個簡短的語音指令，是用現實世界中自己的聲帶還是用思考發聲喊出來的。但他卻清楚地感受到這道聲音化為震動，竄過全身每一個角落。

超頻連線！

啪的一聲，衝撞聲撼動了整個世界。

所有色彩都在一瞬間消滅，只剩清透的藍色擴散開來。無論是周圍的交誼廳光景，還是注視著事態發展的其他學生，甚至就連近在眼前的荒谷，都染成只剩灰階的藍色。

而這一切全都停止不動。

照理說荒谷這拳只需短短一秒就會痛毆自己的臉，但拳頭卻僵在距離他幾十公分的地方不動，讓春雪看得目瞪口呆。

「嗚……哇！」

他忍不住嚇得叫出聲，往後跳開一步。

但這個動作卻讓春雪看到了更令他難以置信的景象。

他看到了自己的背影。自己那圓滾滾的背影跟荒谷一樣染成一片藍色，還滑稽地保持縮起身體的不自然姿勢靜止不動，整幅光景簡直就像靈魂脫離了肉體。

春雪震驚地想著：那現在的自己又是怎麼回事？他趕緊低頭往下一看，看到的卻是眼熟的粉紅豬。錯不了，這是春雪在校內網路裡用的虛擬角色。

已經搞得一頭霧水的他，六神無主地回過頭。

這時他看到的又是一幅奇妙的光景。

黑雪公主雙膝併攏，挺直腰桿，優雅地坐在交誼廳的椅子上。然而，不管是她的身體，還是從脖子上延伸出來的傳輸線，全都染成了水晶般晶瑩剔透的藍色。

而她的身旁還可看到一個身穿黑色禮服，拿著收起的陽傘，背後有著鳳蝶翅膀的黑衣虛擬角色，露出一臉神祕的笑容站在那兒。

「這……這是怎麼回事啊？」

春雪忍不住大聲嚷嚷。

「是完全潛行？還是說……是靈魂出竅？」

「呵呵，都不是。」

黑雪公主的虛擬角色以愉悅的口吻宣告：

「我們現在處於『BRAIN BURST』的程式功能之下，處在『加速』狀態。」

「加……加速……？」

「沒錯，周圍的事物乍看之下都停止不動，但其實不然，這是因為我們的意識正以超高速運作。」

她每走一步路，就讓黑色禮服上的滾邊銀珠發出閃耀的光芒。接著她在現實世界中凍結成藍色的春雪與荒谷身旁停住腳步，以傘尖指向荒谷位於右直拳軌跡上的拳頭。

「這顆拳頭也是，雖然肉眼看不出來，但其實它現在也以極慢的速度移動……慢得就像時鐘的短針。要是什麼都不做，就這麼等下去，不用多久應該就可以看到這一拳通過這八十公分左右的距離，深深陷進你這邊的臉頰。」

「開、開什麼玩笑？不對，我不是要說這個……請、請等一下。」

春雪用這雙豬手抱著腦袋，拚命整理資訊。

「呃、呃……也就是說，我跟學姊並不是靈魂出竅對吧？我們終究還是在原來的腦袋裡進行思考的？」

「你吸收得很快，沒有錯。」

「這樣不是很奇怪嗎！如果只是思考和感覺產生加速，怎麼會像這樣……搞得意識像靈魂出竅般可以跑來跑去，還能看到自己背後？照理說，我根本不可能有機會跟學姊講話啊！」

「唔，春雪，你這個疑問很有道理。」

黑雪公主就像一名老師似的點了點頭，頂著一頭燙捲的黑髮走到桌旁。

「現在我們所看到的這個藍色世界，確實是此刻的現實世界，但卻並非透過眼球以光學方式認知。你看一下這張桌子的背面。」

「哦、哦……」

春雪讓比本尊更嬌小的豬身彎下腰，探頭看了看藍色的桌子底下。

「咦？怪了？」

確實很奇怪。桌子是木製的，表面上還有縱向的木頭細紋，然而背面卻像塑膠一樣平坦，沒有任何材質感。

「這怎麼回事……簡直像是，多邊形……？」

黑雪公主對抬起頭來的春雪輕輕點了點頭。

「沒錯，這個藍色世界是根據交誼廳裡設置的多具公共攝影機所捕捉到的畫面，重新建構出3D影像，再透過神經連結裝置來讓大腦觀看影像。對於攝影機拍不到的死角部分，就只能以推測的方式補上，所以就算你想偷看那個女生的裙下風光也是白搭。」

所謂公共攝影機，正式名稱叫做公共安全監視攝影機，是政府以維持治安為目的，在日本國內設置得密密麻麻的影像監視網。就算是私立國中，也不能拒絕設置，而攝影機拍到的資料受到國家層級的安全措施嚴密保護，一般民眾絕對不可能看到──至少政府是這麼宣稱的。

儘管腦中浮現出這些道理，春雪的視線仍反射性地投向桌旁一名擔任學生會女幹部的腳，親眼見證到那優美的腿部線條只到裙邊就消失無蹤。

黑雪公主朝著趕忙起身的春雪白了一眼：

「你可不要看我的腳，因為攝影機有拍到。」

「我……我不會看啦。」

春雪努力固定視線，同時搖了搖頭說：

「不、不過我總算隱約搞懂現在看到的東西是什麼原理了。這裡是以３Ｄ影像即時重現出來的現實世界……我們則是以虛擬角色承載意識，以它為媒介來觀察周遭，或是透過直接連線來交談，就是這麼回事對吧？」

「沒錯，只是現在為了方便起見，才會先套用你在校內區域網路裡使用的虛擬角色。」

「如果可以，我實在不太想用這模樣啊。」

春雪自言自語地說完這句話後，重重呼出一口氣。他搖了搖豬腦袋整理思考，再度望向黑雪公主的虛擬角色。

「可是……到這裡才只說了一半對吧，接下來才是我最想知道的部分……『加速』到底是怎麼回事？我從來沒聽說過神經連結裝置有這種可以搞得像凍結時間的功能！」

「那當然，只有擁有『BRAIN BURST』這個程式，或者至少曾經擁有過的人，才能夠叫出神經連結裝置所具備的加速功能。」

黑雪公主自言自語般地說完這句話，就舉起左手輕輕碰了碰現實世界中，春雪那凍結不動的脖子上ＸＬ尺寸的神經連結裝置。

「春雪，你知道神經連結裝置的運作原理嗎？」

看到她纖細的手指碰在「自己」的脖子上，春雪莫名地覺得心跳加速，但還是點了點頭。

「知、知道……只是我也只知道最基本的知識。就是以無線方式跟大腦進行量子層級的連線，傳輸影像、聲音跟觸感等資訊，或者是反過來切斷現實世界中的五感……」

「沒錯，也就是說運作原理跟二〇二〇年代的頭盔型ＶＲ介面或三〇年代的植入式介面都有著一定的差異。量子連線跟生理學上的機制無關，也因此有人就發現只要善用這項特性，不用增加腦細胞的負擔，就可以做出非常亂來的事情。」

「亂來……？」

聽到春雪的疑問，黑雪公主回了一個有點出乎他意料之外的問題：

「你有碰過二〇年代的ＰＣ嗎？」

「嗯、嗯，算是有，因為我家就有。」

「那你應該就知道ＰＣ的基礎工作頻率叫做什麼吧？」

「是叫做……基本時脈嗎？」

黑雪公主滿意地點了點頭。

「沒錯……舊式ＰＣ就是透過主機板上的震盪器所產生的頻率，乘以使用者設定的倍頻指數來對ＣＰＵ進行超頻。而人類的腦和我們的意識，也是以同樣的原理進行運作。」

「咦……？」

春雪睜大了眼睛，大大的豬鼻子「噗噗」地呼氣。

「怎、怎麼可能？我們身上哪裡有震盪器？」

「這裡。」

黑雪公主立刻做出回答，還從正面抱住現實世界中染成藍色的春雪，以惡作劇的表情擺出勾引般的眼神，左手朝他背後的中心輕輕一戳。

「妳……妳、妳這是在做什麼？」

「剛剛你的時脈就有稍微提升囉。這下你應該知道了吧……答案就是心臟！心臟不只是用來將血液送往全身的幫浦，更是透過跳動頻率來決定思考驅動速度的基礎時脈發生器。」

春雪倒吸一口氣，按住豬身上的胸口。黑雪公主像是故意要捉弄他似的，繼續摸著他的心臟一帶說下去：

「哪怕身體處於靜止狀態，只要狀況有需要，心臟的跳動要變得多快都行……就像賽車手一樣。你知道這是為什麼嗎？因為必須『加速』思考──加快狀況認知能力與判斷力。又或者是互相觸摸對方的男女朋友，也一樣會進行『加速』，為的是更充實地體驗每一分每一秒。」

黑雪公主將擺在現實世界中春雪胸口的手指慢慢往上挪動，最後停在脖子上。

「心臟每跳動一次，產生的量子脈衝訊號就會順著中樞神經往上傳送，以驅動大腦，也就是驅動思考。既然如此──如果用脖子上的神經連結裝置搶下這種訊號的控制權，對大腦進行超頻，你想會發生什麼事？」

春雪感覺得到一陣戰慄感從背脊上直竄而過。

「思考……就會加速？」

「沒錯，神經連結裝置可以做到這一點，而且還不會對肉體或腦細胞造成任何不良影響。現在這一瞬間，就是由我們身上的神經連結裝置，增幅了心臟跳動一次所發出的時脈，用無線量子訊號送進大腦中，而增幅的比例足足高達一千倍！」

「一千……倍……」

春雪聽得目瞪口呆，只能愣愣地複誦。而黑雪公主毫不停滯的說話聲，又對他那即將麻痺的意識造成了更大的震撼。

「思考加速到一千倍，這也就表示現實中的一秒，體驗起來會像是一千秒一樣漫長……換算下來就是十六分鐘又四十秒。」

這並非拿Ｆ１賽車手就能比喻的話題。聽起來不像科技，反而像「凍結時間的魔法」。

然而春雪還沒有想到這種駭人聽聞的現象，具體來說可以用在何種用途，黑雪公主似乎發現了一件事，只見她自言自語地說了聲：「啊。」

「……？」

「沒什麼，不好意思，看來我講解得太起勁，花了太多時間。我都忘了現實世界中的你就快要被這一拳打到了。」

「哇咧……」

春雪慌慌張張地擺動雙腳，繞到凍結成藍色的自己另一邊。

她說得沒錯，他們花了五分鐘左右（還只相當於現實世界中的零點三秒），就在這段期間，荒谷的拳頭已經移動了一段頗長的距離。距離現實世界中春雪圓滾滾的臉頰已經不到五十公分。

荒谷的臉孔重現得極為逼真，可以看到他扭曲的嘴唇充分表露出凶暴的亢奮情緒，令人簡直不敢相信這是用藏在天花板上公共攝影機影像建構出來的。

真不知道這有什麼好開心的——不對，想也知道他會開心。以無神的表情愣愣站在拳頭所向之處的自己，著實像個遊戲裡任主角宰割的小咖。

儘管腦海中閃過這個陰沉的念頭，但春雪還是轉身面對黑雪公主問道：

「……請問，這個『加速』會持續到什麼時候？」

「理論上是無限的，可是由於『BRAIN BURST』程式上的限制，你最多只能感受三十分鐘的加速時間，也就是現實世界中的一點八秒。」

黑雪公主答得冷淡，春雪那對圓滾滾的粉紅豬眼球幾乎快蹦出來。若就這樣放任現實世界的自己近兩秒鐘僵住不動，荒谷的拳頭肯定會跑完剩下的距離，一分一釐地埋進鼻樑。

「……這、這樣我不就快被他打到了嗎！」

春雪想像著自己被打飛的過程被一格一格播放出來的模樣，忍不住出聲大喊。但黑雪公主卻輕輕一笑，補上了幾句說明：

「哈哈，不要擔心。加速狀態當然可以任意停止。」

「嗯、嗯……是這樣啊。那麼能不能回到現實之後再躲過這一拳……」

「應該很容易吧。呵呵，這其實就是最簡單的『加速』運用法。也就是用本來不可能有的反射速度掌握狀況，深思熟慮想出對策之後再解除加速，就能游刃有餘地應付。」

她說得沒錯。以前被荒谷痛毆的時候都怕得不得了，別說是閃躲，他根本沒有心思注視荒谷的揮拳軌跡跟鎖定位置，但處於「加速』狀態的這一刻卻可以看得一清二楚。

只要在解除加速的同時，往左邊偏開個十五公分就夠了。春雪吞了吞口水，將動作牢牢記進腦中，再朝黑雪公主看了一眼，準備問她解除的指令。

然而黑衣美女卻攔住春雪的話頭，以輕鬆的語氣說出強人所難的話：

「可是春雪，你不要躲。這次你應該故意挨上一拳。」

「噗……」

春雪的豬鼻子又張又縮地持續呼氣，之後才大聲喊道：

「我、我才不要！那很痛好不好！」

「是哪一邊會痛？」

「咦……？什、什麼叫做哪一邊……」

「我問你會痛的是身體還是心靈？」

微笑從黑雪公主的虛擬角色臉部消失。她並沒有等待春雪的回答，而是讓黑色高跟鞋往前踏上一步。

黑雪公主讓她那比春雪的豬身高出近五十公分的高眺身體彎下腰來，從鼻子幾乎要貼在一起的極近距離望著他的眼睛。春雪倒吸一口氣，怔怔地呆站在原地。

「你不是第一次被這個姓荒谷的學生打了。」

「是……是的。」

先前明明還想說無論如何都不想讓她知道自己遭人霸凌的事，但春雪卻莫名地點頭承認。

「但是這個學生到現在都沒有受到處分，照理說這應該有兩個理由。第一個理由當然就是你忍氣吞聲；而另一個理由，就是荒谷很懂得挑選施暴跟恐嚇的現場，巧妙地避開了公共攝影機拍得到的範圍。」

她說得沒錯，春雪直接遭受霸凌時，都是待在屋頂通風設施遮蔽處，或是校舍後方這類沒有學生駐足的地方。原來荒谷之所以會挑這些地方，不是避免被人看到，而是為了避免被攝影機拍到。

黑雪公主面有難色地站直了身體。

「……很遺憾的，本校的二、三年級裡，也有少數不肖份子跟這小子同類。他們有自己的一套情報網路，似乎還有互相流通公共攝影機視線範圍警告程式之類的違法軟體。他們在攝影機的視線範圍內絕對不會露出馬腳……這個新來的小子理應也被高年級嚴厲叮囑過這點。」

黑雪公主以冰冷的視線朝染成藍色的荒谷臉上一瞥，用充滿魄力的平靜語氣說了下去：

「可是他終究還是個小鬼頭，被我用話一激就什麼也不顧，在這種有著一大堆攝影機的地方做出了施暴行為。春雪，你聽好了，這對你來說是個好機會。要躲開這一拳是很容易，但是這樣一來荒谷多半就會恢復理智，離開這裡。那麼想讓這小子有機會受到應得的懲罰，恐怕會就此變得遙不可及。」

——這麼一來，事後荒谷應該會另找機會教訓春雪，而且不難想像這次的報復將不再是先前那種半出於玩鬧的霸凌。春雪背脊一顫，看了看現實世界中的自己，以及荒谷那正朝自己臉上接近的拳頭。

他的右手拳骨突出，就像岩石一樣稜角分明，要是挨了這一拳，肯定會痛得想哭。這半年來這種痛楚他已經嘗到不想再嘗，但是——

其實真正在淌血的不是身體，而是心靈——被撕扯得遍體鱗傷的自尊心。

「請問……」

春雪雖然有些躊躇，但還是對黑雪公主拋出問題：

「只要懂得善用『BRAIN BURST』，我是不是就打得贏這小子？」

所有表情都消失無蹤的美貌筆直凝視著春雪。

「——應該贏得了吧。你已經是個『超頻連線者(Burst linker)』，擁有遠遠凌駕於非加速者之上的能力了。只要你有這個意思，你可以一拳都不挨，或愛怎麼揍他就怎麼揍。」

他當然有這個意思，不可能沒有。

春雪滿心想要華麗地閃過荒谷的空手道招式，把他的臉揍得比豬頭還要難看；想打斷他的鼻子、及每一顆門牙、打得他哭著下跪求饒，把他引以為傲的金髮從頭上拔得一根也不留。

「不……還是算了，我會乖乖挨揍……畢竟機會難得。」

「呼……」

黑雪公主帶著幾分滿意的神情笑了笑，慢慢點了點頭。

「你的選擇很明智。不過既然都是要做，我們就應該以最小的損害，製造最大的效果。等『加速』解除之後，你就要主動猛力朝右後方跳開，別忘了臉要朝右，卸開這一拳的力道。」

「哦……哦哦。」

春雪走到現實世界中的自己背後，看清楚荒谷的拳路。她說得沒錯，只要別過臉去同時向後跳開，就算是空手道的拳擊，威力多半也會被卸開大半。

春雪點點頭，轉動視線查看他要跳往的方向上狀況如何。左邊有一張桌子，但右後方則有空出一大塊空間，除了唯一一個坐在那兒的人之外，直到可以看見中庭景色的大窗子前都沒有任何障礙物。

「啊，不對……不行啦。要是我從這裡往那邊跳，就會撞到學姊身上啦。」

已經站起的春雪跟坐在椅子上的黑雪公主本體之間，距離只有短短的一公尺。要是被春雪龐大的身軀撞在她纖細的身體上，後果實在不堪設想。

「沒關係，這樣才更有效。不用擔心，我也會躲開，不會受傷的。」

「……那、那我知道了……」

既然事先知道會被撞，也許她真的辦得到。春雪也只好點頭答應。

「差不多真的快沒時間了。來，快點回到現實世界中的身體上。」

被她從背後輕輕推了一把，春雪往前踏上一步，讓豬型的虛擬角色與藍色的自己重疊在一起。黑雪公主似乎也坐到了椅子上，她的聲音從更低的位置傳來：

「好，再來我就告訴你解除加速的指令，你可要好好躲開……『超頻登出（Burst Out）』！」

超頻登出！

春雪深深吸一口氣，接著猛力喊出指令。

一陣有如噴射機引擎聲般的高頻噪音由遠而近，打破了周圍的寂靜。藍色的世界逐漸找回了原來的顏色。

而視野左側，可以看到荒谷靜止不動的拳頭慢慢動了起來。從慢得像蝸牛般的動作不斷慢慢加速，逼近春雪的臉頰。

春雪照著黑雪公主的吩咐，用雙腳準備往右後方跳開，同時拚命將脖子往右轉。一寸一寸逼近的拳頭接觸到了皮膚，微微陷了進去——

就在這時，世界恢復了原樣。

周圍一片譁然聲中，春雪感覺到拳頭削過他那富有彈性的臉頰。牙齒咬進臉頰內側，嘴唇也被扯得抽筋。這樣多少會出血，但比起過去挨過無數次的空手道拳擊，痛楚確實減少了將近一半。

但同時春雪的龐大身軀宛如電影場景般飛了起來。

春雪在心中大喊：請妳一定要躲開，這時整個背部猛力撞向身後的椅子。他聞到了一股怡人的香氣，更感覺到了輕柔的頭髮觸感，但這些感覺並沒有維持太久。

椅子磅的一聲往後倒下，緊接著就聽到咚一聲不吉利的聲響。

背部著地的春雪一時氣喘不過來，大聲喘息呼吸著空氣，同時拚命轉動脖子，想看清楚本來說好會躲開這股撞擊的黑雪公主到底出了什麼事。

他瞪大的雙眼所看到的纖細身影，頭靠在交誼廳的採光玻璃上，手腳像具壞掉的人偶般伸直，閉著眼睛沒有動作。

凌亂的瀏海下，白皙剔透的額頭緩緩流下一滴鮮血。

「啊……啊！」

春雪強吞下慘叫想要站起，但就在他即將起身之際——

『不要動！』

黑雪公主的思考聲透過直接連線的連結裝置，打在春雪的意識上。春雪反射性地上身體保持後仰倒地的姿勢僵住不動，回問道：

『可、可是……妳流血了！』

『不用擔心，那只是小小破皮而已。我不是說過要製造最大的效果嗎？這下荒谷再也不會出現在你眼前了，再也不會。』

聽她這麼一說，春雪只轉動視線，從左往右一看。

揮拳後右手伸得筆直的荒谷，正張大了嘴低頭看著春雪他們。他的臉上逐漸失去血色，薄薄的嘴唇痙攣般地顫抖了兩、三次。

「呀啊啊啊啊啊！」

籠罩在一片寂靜中的交誼廳裡，迴盪著四周各桌女生所發出的淒厲尖叫聲。

荒谷跟他的手下A、B遭到學生會男性幹部制伏，過程中完全沒有抗拒。他們三人臉色鐵青，雙腳發抖，最後由一群臉色大變、急忙趕來的教師帶走；黑雪公主也在學生會女性幹部的攙扶下直接送往醫院。

春雪則只在保健室接受簡單的治療，但就連校醫用手幫他貼上消毒過的貼布時，黑雪公主在直連專用的傳輸線即將拔開之際所說的一段話，仍然在他耳邊繚繞不去。

『——啊，我忘了告訴你，一直到明天上學為止，都絕對不要卸下神經連結裝置。但是你也不可以連上全球網路，一秒都不行。知道嗎？絕對不行。我們講好了哦！』

春雪完全無從推測她說這番話的真意。就連下午在保健室裡度過的兩個小時裡，都覺得全身籠罩在一種從現實世界抽離出來的奇妙感中。昨天跟今天，僅僅兩天就有那麼多事情發生在自己身上，讓他根本不知道該如何整理，或試著接受。

可是看樣子至少有一件事可以確定，那就是他以後都不用再擔心鞋子會從鞋箱裡消失，或是鞋子裡被人放進怪東西。春雪機械式地將室內鞋換成運動鞋，一走出校舍就照黑雪公主的吩咐，從網路上斷了神經連結裝置的連線。

「小春。」

就在他再度開始想著這個吩咐用意何在，同時朝校門走去時，耳裡聽見一道小小的聲音，讓春雪立刻停住了腳步。

轉頭看看四周，就看到一個小小的身體讓影子落在染成一片晚霞色彩的校舍牆上。春雪意識著自己的臉已經不由自主地僵住，但還是叫了對方的名字一聲：

「小百……」

他只是強行將昨天的事情從意識中揮開，並不代表他忘記，但現在事件又一瞬間於腦中重播出來。就在他心想：哇，怎麼辦？不對，得先道歉再說，沒有其他辦法了！這時，一臉嚴肅的倉嶋千百合踩響了校庭的合成軟質鋪裝地面走近他身旁。

「這……這個……昨天，我……」

「小春，午休時間的事情我聽說了。」

千百合打斷春雪說得吞吞吐吐的話，劈頭就切入正題。

「咦？午休……啊、啊──」

「聽說你被那些傢伙揍了一拳，整個人被打飛好遠……你這傷就是那時候弄出來的？傷口還會痛嗎？」

千百合皺起她的濃眉把臉湊了過來，春雪不自覺地用左手遮住嘴邊的貼布，可是他又不敢說會整個人飛起來是因為自己主動往後跳。

「嗯……嗯，我沒事，只是有點破皮而已啦，而且其他地方也沒受傷。」

「……是嗎？那太好了。」

千百合先在顯得十分僵硬的臉上露出些許笑容，之後往四周一瞥。看樣子午休時間發生的事情，馬上就讓春雪成了校內最熱門的話題，放學回家的學生全都毫不客氣地盯著他猛看。

「我們偶爾也一起回家吧。」

千百合以生硬的語氣這麼說完，不等春雪回答就逕自跨出腳步。

春雪心想：哪有什麼偶爾。自從上了國中後，他們從未一起回家，但若現在大喊著「我不要！」隨即拔腿就跑，等於犯下跟昨天一樣的錯。沒錯，不管怎麼說，至少得為昨天那件事跟她道歉。

春雪小跑步追上身材嬌小、步伐卻很大的千百合，保持一段尷尬的距離走在她身旁。兩人就這麼通過校門，走在只有小客車輪內馬達聲顯得格外大聲的寧靜步道上。

如果是在平時，只要一走出學校，四周移動的行人、自行車跟小客車，都會在視野內以彩色符號顯示，所以就算閉上眼睛走路也不成問題。但現在他沒有連上全球網路，所以無法依靠導航系統引導。才剛想著黑雪公主為什麼要對自己這麼吩咐，下一瞬間，走在右邊的千百合就說出了這個名字，讓春雪嚇得差點跳了起來。

「聽說你跟二年級的黑雪公主學姊直連，是真的嗎？」

「咦？妳、妳怎──」

春雪原本想問妳怎麼會知道，但轉念一想又覺得這也難怪。相信對校內學生而言，這件事多半比荒谷那一拳還要震撼。

「嗯，算是有啦……」

千百合沒有朝點頭承認的春雪看上一眼，只是微微噘著嘴加快了步調。長年來的相處，讓春雪非常清楚這表示她的心情壞到了極點，接著想到為什麼會這樣，馬上又自己回答說這也難怪。碰到這種打翻自己親手做的便當，甚至沒對自己道歉就跑去跟其他女生有親密接觸的笨蛋，就算苦主不是千百合，一般人當然都會生氣。

「可、可是我們直連沒有什麼特別的意思，怎麼說呢？我只是跟她拷貝應用程式而已。」

明明已經進入十月，春雪背上卻冷汗直流，仍想辦法辯解。然而千百合的表情並沒有緩和下來，讓春雪心想：果然還是得先針對打翻三明治的那件事道歉才行，於是下定決心，開始拚命在腦子裡拼湊台詞。

「別、別說這個了，我……昨天……」

好不容易說到這裡，就聽到前方傳來一道宏亮的說話聲音，讓春雪把剩下的話吞了回去。

「喂——小春、小千！好巧啊，你們正要回家？」

千百合頓時停下腳步，春雪也抬起了頭。就在通往環狀七號線公路的電扶梯下，可以看到一名跟他們同齡的少年，正一臉笑嘻嘻地朝他們揮手。

他身上的制服跟梅鄉國中不同，是採藍灰色的立領款式；右手提著復古風的黑皮革學生書包，肩膀上扛著劍道專用的竹刀盒。略長的頭髮梳成清爽的中分頭，頭髮下方的臉龐更是清爽得讓人覺得，再也沒有人比他更適合陽光型男這個形容詞。

「啊……小拓。」

千春連連眨了幾次眼睛，接著高興地笑了笑。

春雪心想：虧她剛剛還那麼不高興。接著又在內心嘀咕著短短幾分鐘內已出現第三次的「這也難怪」——畢竟她是跟令她火大的打翻三明治男走在一起時，偶然遇見了自己的男友。

和春雪、千百合從小就認識的黛拓武，小跑步跑了過來，搖得肩上的竹刀盒晃來晃去。他一跑來就對春雪投以開朗活潑的笑容。

「嗨！小春！好久不見啦。」

「嗨！阿拓，好久不見……嗎？」

春雪抬頭看著拓武那張位置比自己高了十公分的臉說道。

「真的好久不見啦，在現實世界已經有兩個禮拜沒見了，因為你都不參加大樓的活動。」

「誰會去參加什麼鬼運動會啊！」

看到春雪皺起眉頭這麼回答，拓武則笑說：你還是老樣子啊。

他們三人是同一年出生於北高圓寺的複合式高層公寓大樓，這個少年擁有自己所欠缺的一切，但春雪之所以和他這麼要好，並非只因為這個理由。

很諷刺的是正因為拓武功課實在太好，進了位於新宿區的一間國中小一貫式名校，春雪才得以和他毫無隔閡地相處。因為這樣一來，就不會讓拓武看到自己在本地公立國小裡立即變成霸凌目標的悲慘模樣。

春雪曾經對跟他讀同一間國小的千百合下封口令（又或者該說是懇求），要她千萬不能把自己被霸凌的事情告訴拓武。要是讓拓武知道，他可能會為了拯救春雪而叫出那幫壞小孩，用竹刀狠狠教訓一頓。

但春雪卻覺得一旦事情演變成這樣，就算霸凌會因此結束，自己卻可能再也沒辦法跟拓武當成朋友。

「說到運動會……」

三個人並肩走在路上時，春雪主動發起話題。他在學校幾乎從來不會這樣。

「我在網路上看過前陣子都立大賽的影片，阿拓你超猛的！竟然一年級就拿到冠軍。」

「只是碰巧啦，碰巧。」

拓武搔著腦袋，顯得很不好意思地笑了笑。

「畢竟我最不會對付的對手在準決賽就先被淘汰了，而且也多虧了小千來幫我加油。」

「咦？是、是因為我？」

走在拓武另一側的千百合瞪大了眼睛大喊。

「哪有，我沒有做什麼，只是在角落看著而已……」

「哈哈哈，妳在客氣什麼啊？當時妳喊著『幹掉他』時，喊得多大聲啊？」

拓武愉快地發出笑聲。

「而且妳還說要是輸掉就再也不做便當給我吃，妳當時的眼神實在有夠認真。」

「啊啊啊，不要說了，我聽不見！聽不見！」

春雪看著千百合摀住兩隻耳朵加快腳步的模樣，用右手手肘頂了拓武一下說道：

「搞什麼，原來你在決賽的那種氣勢是這樣來的啊？」

「也沒有，還好啦，哈哈哈。」

跟拓武一起歡笑之餘——

春雪心想：果然還是這樣最好。

兩年前的選擇並沒有錯，因為現在他們還是可以像以前一樣談笑。他不想毀掉這種關係。

這時拓武像是要反擊似的，以輕快的語氣問道：

「小春，你昨天不也吃了小千親手做的便當嗎？」

「咦？沒有，這個，那是……」

看到千百合的背影突然僵住，春雪微微陷入一陣恐慌。糟糕，自己還沒有道歉，怎麼辦？該現在道歉嗎？還是等回家以後再寫郵件——

不對，等等。

阿拓為什麼會知道？

春雪腳下一絆，差點摔倒，多虧拓武趕忙伸手扶住。但春雪根本無心去想這些，腦海中只有一種滾燙的思考竄來竄去。

那籃三明治是千百合知道春雪的午餐錢被荒谷他們勒索後，才做給他吃的。當時還他覺得納悶，想不透為何不擅長烹飪的千百合要這麼做。難道說那是拓武想出來的主意？

如果真是如此，就表示千百合找拓武商量過春雪遭人霸凌的事。若不是這樣，他應該不可能講出剛剛那句台詞。

春雪只覺整個腦袋一片白熾，無意識地甩開了拓武扶在他右手肘上的手。

「喂、喂，小春——」

拓武一臉訝異地叫住他，但春雪卻不敢抬頭看他的臉。視線亂飄了一陣後，春雪就跟一臉僵硬表情的千百合對望了一眼。只見她動著嘴唇，似乎想要說話，但他卻搶在前頭大聲喊出：

「啊……不好意思，我有個節目挺想看的！我先回去了，改天見了，阿拓！」

話一說完就這麼跑走。儘管好幾次腳下絆得差點摔倒，但春雪還是拚命奔跑。

他們兩個大概又會開始商量吧，商量要怎麼做才能拯救春雪。

光是想像他們兩人之間會談些什麼話，就有種內臟幾乎要絞在一起的感覺。好不容易靠著一次近乎奇蹟的機緣讓荒谷消失，沒想到拓武卻早就知道整件事情，這一切實在太諷刺了。

春雪一路通過自己住的公寓大樓入口，直到衝進電梯為止都一路奔跑，沒有停下腳步。

當天晚上春雪所作的夢，肯定可說是記憶中最糟的一次。

他夢到讀國小時的那群壞小孩、荒谷跟手下Ａ、Ｂ，以及一群不知名的流氓學生輪番出現，接連痛毆自己。

而千百合跟拓武則手牽手在不遠處看著這一切。他們兩人臉上露出的憐憫表情，遠比全身的劇痛更讓春雪難以承受。

隨著夢境進行，觀眾也越來越多。兩人身旁開始多了母親，連早就已經離家的父親也跟著出現，甚至連整棟大樓的居民跟同班同學也都紛紛登場，大家圍成人牆低頭看著他滿地找牙的模樣。

他們臉上的表情不再是憐憫，而是嘲笑。無數的人指指點點地嘲笑模樣狼狽悲慘的春雪。

我受夠了。我受夠這裡了。

想到這裡，他抬頭看看遠方昏暗的天空，看到了一抹影子。一隻鳥在黑夜中張開漆黑的翅膀，輕盈地飛翔於空中。

我也想飛上天空。飛得更高，更遠。

我想飛。

飛到天涯海角。

『——這就是你的願望嗎？』

3

春雪猛然睜開眼睛。

順著從窗口射進的白色光線望向時鐘，就看到時針指著上午六點半，算來自己竟然一睡就是將近十二小時。

他睡得全身大汗，汗水彷彿就像惡夢殘渣所化成的黏膩液體裹在皮膚上，但他卻又絲毫想不起自己夢到了什麼。

昨天黑雪公主最後所說的那句話模糊地在腦中重現。她吩咐自己整夜都別卸下神經連結裝置。難道說這個吩咐跟自己作的夢有關？

春雪邊發呆思索邊沖完澡，換好制服後，就一個人到廚房吃由五穀片跟柳橙汁組成的早餐。接著將餐具塞進洗碗機，再去敲母親寢室的房門，準備完成每天上學前都要進行的儀式。

「……我上學去了。」

他朝著昏暗的室內說了一聲後，就隱約聽到床上傳來一陣微弱的聲響。看樣子她昨天晚上喝了很多。

春雪等著母親操作手邊的終端機，將五百圓儲值到自己的神經連結裝置上，但母親說話的語調卻忽然變得不耐煩：

「春雪，你根本沒連線。」

春雪暗叫糟糕，趕忙將手伸向脖子上。儘管覺得自己似乎忘了什麼事，但還是將神經連結裝置接上全球網路，緊接著就聽見喀啷一聲音效響起，電子貨幣的金額上加了一筆。

「我上學去了。」

春雪又說了一次，但母親已經沒有回應。他輕輕關上寢室的門，在玄關口換上運動鞋，走出了家門。

坐電梯下到一樓，對一群連長相都不太記得住的居民含糊打過招呼後，穿越了入口大廳。

就在他通過自動門，一腳踩進公寓前庭的短短三秒鐘之後。

啪的一聲，聲響蓋過了春雪的腦袋。

整個世界當場變暗。在朝陽下閃閃發光的街景，一瞬間就變得夜幕低垂。

怎麼回事？是「加速」？可是——為什麼程式會自己啟動？

就在倒吸一口氣的春雪眼前，一排熟悉的燃燒字體排出了一串字母。

【HERE COMES A NEW CHALLENGER!!】

總覺得這句訊息似曾相識，但還來不及去翻找自己的記憶，火焰文字就已經燃燒殆盡，視野上方出現了更令他覺得不可思議的物件。

首先是中央有著一排數字顯示著【1800】，數字左右各有一條藍色色條往外筆直延伸，兩條色條下方又各有一條較細的綠色色條。

最後則是一排火焰文字顯示於視野中央——【FIGHT!!】

數字變成了1799。

春雪不知所措，好一陣子都只愣愣注視著四位數的數字倒數。

一千八百秒，也就是三十分鐘。總覺得自己才剛聽過這個數字。沒錯——黑雪公主說過的最長「加速」時間，不就是這個長度嗎？

可是這次春雪連加速指令「超頻連線」的「超」字都沒說出口，眼前世界的顏色也不像上次是一片藍色，而是保留全彩。而且真要說起來，那些什麼CHALLENGER還是FIGHT之類的字樣更讓他莫名其妙。

春雪拚命環顧周遭，想盡量掌握狀況，接著立即發現了一件事。

十月爽朗的朝陽已消失得無影無蹤，但四周的地形卻跟已深深印於記憶中的自家前景象一模一樣。有四線道的道路，道路對面有著成排的便利商店與辦公大樓，回過頭更能見到那棟彷彿才剛出現般的高層公寓大樓，高聳的身影在黑暗中幾乎直達天際。

然而本來應該在通往新宿方面的車道上擠得水洩不通的車流，以及應該占滿整條人行道的上班上學人潮，瞬間不見蹤影。不僅如此，道路四處出現龜裂或下陷的情形，護欄跟交通號誌也都歪七扭八，建築物的玻璃更是破得亂七八糟。

一個不遠處的路口，還可看到斷垣殘壁堆得像一堆路障，更有猛烈燃燒的火焰從巨大汽油桶裡竄起。這些破壞的痕跡在春雪所住的公寓大樓也非常嚴重，不但水泥支柱崩塌，外牆也開出大洞，災情十分慘重。

一股想要馬上折回家裡查看情形的衝動，驅使春雪搖搖晃晃地走了幾步，從斷垣殘壁之間窺探入口內的情形。

接著他立刻看得目瞪口呆。建築物內部簡直就像一頭鑽進遊戲裡多邊形建築物時會看到的光景，只看到一種表面沒有任何凹凸起伏或圖案的灰色平面鋪成箱狀。不對，不是好像，而是眼前就是這種景象。

這裡既是現實，又非現實。春雪現在正以「加速」功能完全潛行到虛擬實境網路中，周圍的光景都是由公共攝影機所拍到的畫面重新建構而成的３Ｄ影像，就如同昨天在交誼廳裡看到的那個凍結成一片藍色的世界一樣。

只是話說回來，春雪從來沒有看過這麼精緻的虛擬空間，根本看不出畫素到底有多密。就連腳邊隨便一顆小石子都極為精細，細節可說是壓倒性的清晰。

那麼自己的身體又是什麼模樣呢？想到這裡，春雪就低頭看看自己。

他原本以為會看到熟悉的粉紅豬虛擬角色，然而——

「……這……是什麼玩意？」

結果卻看得目瞪口呆，忍不住發出驚嘆聲。

映入眼簾的，是一具不分腳、軀幹、還是雙手都有如鐵絲般纖細，整副身軀就像打磨過的銀器一樣光亮，簡直像個機器人——但卻絲毫沒有遊戲或動畫中常見的戰鬥性色彩。

春雪趕忙伸手往臉上一摸，卻沒有摸到鼻子或嘴巴，堅硬的指頭只在一面宛如安全帽般平滑的曲面上滑過。他趕忙環顧四周，在公寓大樓馬路對面的一棟混居公寓牆面上，找到一扇打破的玻璃窗，隨後立刻踩著鏗鏘作響的腳步聲跑了過去。

大玻璃窗上映照出的身影，無庸置疑的是一具全身覆滿金屬的機器人。極為瘦小的軀體上，只有流線型的頭部大得突兀。如果要用一句話來形容，就是個小咖。

至少額頭上也長根角，再不然就是兩隻眼睛發個金光吧。

就在春雪對不知名的虛擬角色設計師這麼抱怨時，看到了玻璃裡自己的身後，有好幾道人影動來動去。

他顫抖著這副金屬身體轉過身，也不知道這些人是什麼時候出現的，只見遭到破壞的便利商店屋簷下，有三道人影正看著自己。由於對方身在暗處，只隱約看得出輪廓，但可確定每個人都比春雪高大得多。

三道人影臉湊在一起，似乎在討論事情。春雪忍不住仔細傾聽。

「……總覺得這小子好像很膽小啊。」

「也沒有印象聽過這個名字啊，他是初學者嗎？」

「可是他是金屬色耶，應該會有點本事吧？」

這些傢伙不是ＮＰＣ（註：Non-Player Character的簡稱，泛指遊戲中並非由玩家控制的角色）。春雪的直覺察覺到了這一點。光看態度跟口吻就知道，他們顯然都不是程式，而是活生生的人類。

可是這裡是經過「加速」的虛擬網路。這也就表示他們都跟自己以及黑雪公主一樣，已經安裝了BRAIN BURST程式。

那麼他們應該會知道這個狀況是怎麼回事吧？春雪心想：還是先找他們三個問清楚再說。於是他戰戰兢兢地踏上大馬路，朝中央的白線前進。

忽然間，他又發現了新的視線與聲息。春雪停下腳步，讓視線掃過四周。

這裡不只那三個人而已，還有別人。也不知道這些人是從哪裡出現的，舉凡廢棄大樓的屋頂、大堆斷垣殘壁的頂端，各個方位都有許多輪廓奇特的人物看著春雪。可是他們倒也沒有更加接近，模樣看起來就只是在——對了，就是在等待。

春雪束手無策地站在道路正中央，僅移動視線觀看。不知不覺間，視野上方的倒數數字已經減少到1620，數字左右兩邊各兩條的色條則沒有改變——

不對，先前他沒有發現，但其實左右色條下面各有一串小小的英文字母。左側的文字寫著「Silver Crow」，而右側則是「Ash Roller」。

這個畫面配置讓他覺得很眼熟，而且是非常眼熟。

春雪在一陣強烈的似曾相識感中有了這個想法。

這個設計一點都不新——是某種比春雪還早了三十年以上誕生，於一九〇〇年代末期席捲日本各地遊樂場的遊戲程式。總覺得自己最近也曾經看過某個景象，因而想起了那種遊戲程式。記得是在……

春雪愣愣站著不動，翻找著自己的記憶，突然間背後傳來一聲爆響，嚇得他跳了起來。

「……？」

就在春雪想要轉身卻失去平衡坐倒在地時，一抹特別巨大的輪廓已經屹立在他眼前。

那是一輛機車，且並非常見的電力馬達驅動型……而是以很久以前就立法禁止的內燃機做為心臟，正發出沉重的震動聲響。

前輪架長得簡直不可理喻，夾在輪架中間的輪胎也大得像是在開玩笑，厚實的灰色輪胎踏面還不時飄散出微微的焦臭味。

春雪將視線往上一拉，戰戰兢兢地在彎得十分誇張的握把對面，捕捉到了一名跨坐在皮革座墊上的騎士。

這名騎士全身穿著打上鉚釘的黑色皮衣，腳上的皮靴穩穩踏在地上，雙手環抱在胸前。這個人的頭部也戴著黑色安全帽，但面罩則是非常搶眼的骷髏造型。

春雪茫然地聽見從安全帽中發出一道尖銳的嗓音：

「好久沒有來到『世紀末』場地啦，運氣有夠好的啦啦啦啦啦～」

他環抱在胸前的一隻手還伸出食指左右搖動。

「而且對手還是亮晶晶的新手，運氣超讚的啦啦啦啦啦——」

骷髏騎士抬起穿著皮靴的右腳，放到踏桿上靈活地刷過，接著就聽到一聲轟隆巨響，讓春雪再次跳了起來。

怎麼看都不覺得這個人態度友善。別說友善了，要是先前的聯想沒有錯，這裡是「對戰場地」——而這名機車騎士則是——

「哇……哇啊……」

春雪一寸一寸往後挪，轉過身去。

「哇——」

接著拚命踩響了機器人般的纖細雙腳往前跑。

「嘻哈哈哈哈哈！跑啊！快跑啊！」

引擎又在背後發出咆哮，接著是一陣魔音穿腦般的輪胎空轉聲——過了短短一秒鐘，背上傳來一股極為強烈的衝擊與悶痛，春雪整個人在夜空中高高飛起。

同時視野左上方「Silver Crow」這邊的藍色色條瞬間縮減了許多。

看到這個情形，在空中轉了好幾圈的春雪不禁心想：果然沒錯。

也就是說，這是一場「對戰遊戲」，自己是個一竅不通的初學者，而對方則是熟門熟路的老手。

想也知道不可能會贏。

『哈哈哈，這麼快就被痛宰啦？這可都是因為你沒遵守跟我的約定啊，少年。』

午休時間。

在交誼廳跟春雪進行直連的黑雪公主就和昨天一樣，晃著瀏海下貼有促進治療貼布的頭，靈巧地只用思念發出笑聲。照她的說法，傷口雖然出血很多，但頂多只是裂傷。而春雪翻遍了所有自己懂得的字彙準備了道謝與道歉的話，卻被她輕輕一揮手擋了下來。

『這……這一點都不好笑，我差點以為自己會沒命耶……當然如果真要追究責任，還是該怪我自己不小心把神經連結裝置連到全球網路上啦……』

黑雪公主以愉快的神情看著春雪嘀嘀咕咕的模樣，從桌上端起茶杯碰了碰嘴唇。一旁擺著一盤沒有碰過的鮮蝦焗飯，和春雪面前的大盤豬肉咖哩飯同樣冒著熱氣。

坐在同桌的幾個學生會幹部已經開始大動筷子跟湯匙，春雪的胃也發出了沒出息的聲音，但黑雪公主的授課——或者該說是訓話，看來卻沒有這麼快結束。

『——不過也好，這一來我也省了不少唇舌，不用一一跟你說明清楚。雖然學費貴了點，不過這下你應該也搞懂了吧？』

『搞懂……什麼事情？』

『搞懂「BRAIN BURST」到底是什麼樣的程式。這不是什麼大手筆的陰謀，只是個——』

春雪無力地點了點頭，思緒中浮現一個字彙，接過黑雪公主停住的話頭：

『只是個對戰格鬥遊戲，而且還是以現實世界作為舞台進行遭遇戰，真是離譜……』

『呵呵，的確很離譜，很讓人頭痛啊。』

『我還想說能「加速」思考的這種超高科技到底是要來做什麼，沒想到竟然是搞對戰格鬥！這個遊戲類別不是都已經荒廢三十年以上了嗎！』

聽他這麼一說，黑雪公主歪著頭想了一想，臉上露出了略帶諷刺的笑容說：

『嗯——春雪，你這個說法有點偏頗。我們超頻連線者並非為了玩格鬥遊戲才「加速」，事實上正好相反，反而是為了維持「加速」的能力而進行對戰。我們不得不如此，而這正是這個程式最讓人恨得牙癢癢的地方。』

『這話……怎麼說？』

『嗯……接下來的部分應該還是到現場去說明比較好吧?你「加速」一下。』

『哦、哦……』

春雪斬斷對大盤咖哩飯的眷戀，乖乖從椅子上端正坐姿，在口中喊出加速指令：

超頻連線！

熟悉的火花聲撼動身體與意識，周圍的學生立刻停住了動作，同時失去所有色彩，換上一片具透明感的藍色。

眼前的黑雪公主也同樣停住動作，但隨即就看到身穿妖豔漆黑禮服的虛擬角色，從清純的制服身影上彷彿靈魂出竅般地站起。春雪也以粉紅豬的虛擬角色從椅子上跳了下來，往前站上一步，不讓現實世界中自己圓滾滾的身體映入眼簾。

「那……我們要怎麼做？」

「你的視野左側有沒有多出新的圖示？」

春雪依言轉動視線，就看到排列在左側的應用程式啟動圖示中，新增了一個燃燒的B字樣圖示。春雪舉起左手點選圖示。

「這就是對戰格鬥遊戲軟體『BRAIN BURST』的選單畫面。可以查看自己的能力畫面、戰績，還可以搜尋周圍的超頻連線者來進行挑戰。你按一下安排對戰的按鈕看看。」

春雪點點頭，點選了位於選單最底下的按鈕，緊接著就開出一個新的視窗，短短地顯示一下搜尋字樣後，名單就接著出現。

雖然說是名單，但是上面只有兩個名字。一個是今天早上也有看到，應該就是代表自己的「Silver Crow」──另一個名字則是「Black Lotus」。

春雪絲毫沒有懷疑這就是黑雪公主化為超頻連結者時的名號，但他還是抬起頭來瞥了她一眼，想問清楚是否真的沒有錯。而黑雪公主的虛擬角色也如所他所想地輕輕點了點頭說：

「現在我們沒有連上全球網路，只和校內區域網路連線，所以名單上只有你跟我──照理說應該是這樣。」

「是……Black Lotus小姐。」

春雪很想說些這名字真美或是真適合妳之類的讚美，但他當然沒能流暢地發出聲來，結果只是動了動豬鼻子而已。

「好，那你就點選我的名字，找我進行對戰。」

「咦……咦咦？」

「我又不是真的要跟你打，拖到時間結束就會變成平手了。」

黑雪公主微微苦笑，催春雪趕快照做。

儘管他覺得這年頭能容納數萬名玩家於同一個戰場上廝殺的大規模戰鬥遊戲，早已不稀奇，幹嘛搞什麼一對一。但春雪還是輕輕點選名單上的名字，從跳出的選單裡選擇【DUEL】，並從接著跳出的YES／NO對話框裡點選【YES】。

這一瞬間，世界的樣貌再度產生改變。

所有學生都一起從靜止不動的藍色交誼廳中消失，柱子跟桌子等等的物件雖然慢慢恢復顏色，但同時又像風化般不斷腐朽，玻璃也積上了厚厚的灰塵。

接著天空也染上一片極為深邃的橘紅色。一陣乾燥的風吹過，吹動了從地板上各處冒出的不知名野草。

啪的一聲，熟悉的數字1800立刻進入視野上方，藍色色條往左右延伸，最後出現的則是一串寫著【FIGHT!!】的火焰文字。

「哦……？是『黃昏』？這下可抽到了挺稀奇的場地。」

黑雪公主說話的聲音從四處張望的春雪身旁響起。

「場地屬性是易燃、易碎，還有就是光線意外地暗。」

「哦、哦哦……」

春雪點頭之餘，低頭看了看自己的身體。不知不覺間，粉紅豬的外型已經換成了那纖細的銀色機器人模樣。

春雪想知道黑雪公主又會是什麼模樣，於是轉動視線一看，但站在他眼前的，卻是和先前如出一轍的漆黑禮服虛擬角色。

「這就是你的對戰虛擬角色(Duel Avatar)嗎？『Silver Crow』，這名字挺不錯的嘛，顏色也很漂亮，線條我也挺喜歡的。」

黑雪公主的手伸了過來，摸了摸滑溜的銀色頭部。

這確切的觸感，讓春雪再次意識到這個空間是真正的虛擬實境，沒有什麼「禁止接觸」這類幼稚的倫理規範。

「謝、謝謝學姊誇獎……我倒是覺得挺像個小咖的。這應該不能……重新設計吧？這身造型和角色命名到底是誰弄出來的？而且什麼叫做對戰虛擬角色？」

「就是字面上的意思，專門用來對戰的虛擬角色。設計者是BRAIN BURST程式，同時也是你自己——你昨天應該作了個非常漫長、非常可怕的夢吧？」

「是啊……」

雖然想不起夢境為何，但他隱約記得那是一場非常可怕的惡夢，忍不住用堅硬的手掌搓了搓纖細的機器人手臂。

「這是因為程式進入了你的深層心象。BRAIN BURST會切開程式擁有者的慾望、恐懼跟強迫症觀念，濾除雜質，塑造出專用的對戰虛擬角色。」

「我的……心象，恐懼跟……慾望。」

春雪自言自語地說了這幾個字，再次低頭看看自己的身體。

「這就是……這副又小又脆弱，看起來還滑溜溜的身體，就是我自己想要的？當然我是一直希望可以更瘦一點啦……只是就算這麼說，我還是希望可以更有點英雄的樣子……」

「哈哈哈，事情沒有這麼單純。程式讀出的不是理想中的模樣，而是人的自卑感。以你的情形來說，光是沒有直接拿那隻粉紅豬來當你的對戰虛擬角色，你就應該要感到慶幸了。當然我也挺喜歡那種造型就是了。」

「請……請妳別再說了，我可討厭得很。」

春雪心想：得趕快重新組一隻新的黑騎士來當校內網路用的虛擬角色。接著開口問道：

「可是，這也就是說學姊妳現在這款校內虛擬角色，也是BRAIN BURST程式做出來的囉？這象徵學姊的自卑感？明明那麼漂亮……」

「不……」

黑雪公主眼神中微微出現陰影，低下頭答道：

「這是我自己用編輯程式拼出來的。我……有不可告人的苦衷，所以封印了原本的對戰虛擬角色不用。理由將來我會告訴你，時候到了我就會說。」

「封印……？」

「很遺憾的，我的對戰虛擬角色可是很醜陋的，而且醜陋到了極點。雖然我並非因為它醜陋才予以封印……不過我的事不重要。」

黑雪公主聳聳肩膀，馬上又恢復了一貫的神祕表情。她再次用白皙的手掌輕輕摸向春雪的安全帽頭。

「你今天早上透過全球網路被其他超頻連線者找去對戰時，就用這個剛做好的虛擬角色應戰，然後輸得一塌糊塗。沒錯吧？」

「……嗚，是沒錯，而且還讓對方滿血打贏。」

「你應該有仔細看過對戰結束後的戰鬥結果畫面吧？」

春雪心不甘情不願地想起了上學前突然被丟進去的「對戰場地」。自己就是在那個陰暗的廢墟裡，被一名騎著沒品味的機車，戴著骷髏安全帽的騎士撞得飛來飛去，整條體力計量表轉眼之間就消失無蹤。

隨著一陣沒出息的音效，眼前出現了一串文字顯示【YOU LOSE】，接著——

「我記得……有顯示我的名字、等級1，還有一個很奇怪的數字。是叫做BURST……POINT嗎？這個數字當時就從99減成了89。」

「很好，你已經記得很清楚了。BURST POINT，就是它，就是這個點數驅使我們來到這個殘酷的戰場。」

黑雪公主用幾近大喊的聲音說道，隨後朝玻璃窗走了幾步，滴溜溜轉過身來，將拿在兩隻手上的傘猛力朝地板上一插，撞得地板龜裂，石屑四散。

「BURST POINT就是超頻點數，說穿了就是我們可以『加速』的次數。每加速一次，點數就會減少1點。剛安裝後的起始值是100點，但是你昨天已經在交誼廳裡加速過一次，所以消耗了1點，然後剛剛你又用掉了1點。」

「不會吧……那、那這個點數要怎麼增加？該不會是要拿現實世界中的錢去買？」

「不對。」

黑雪公主斬釘截鐵地否定。

「增加超頻點數的方法只有一種，就是在對戰中獲勝。如果對戰雙方等級相同，只要贏了就可以增加10點；但是輸的一方則會減少10點，就像你今天早上的遭遇一樣。」

黑雪公主將臉轉向窗外滿天晚霞的天空，自言自語般的接著說下去：

「『加速』是一種非常強大的力量，不但能輕易讓人打架打贏，甚至要在考試中拿到滿分、在部分賭博或運動項目中獲得全勝，都是易如反掌。今年夏天的甲子園賽事裡，刷新全壘打大賽記錄的一年級選手，就是一個高等級的超頻連線者。」

「這……」

看到春雪聽得啞口無言，黑雪公主用悲傷的視線朝他瞥了一眼。

「而我們既然嘗過這種能力的甜頭，就只能想辦法永遠不斷『加速』下去。也因此，為了獲得這個超頻點數，我們只能永無止境地對戰下去。」

「……等……請等一下。」

咦咦？妳說那個天才強打者是超頻連線者？

不對，重點不在這裡──黑雪公主的話裡似乎有矛盾？

春雪拚命思索過之後開口問道：

「請……請問一下，剛剛妳說只要贏得對戰就可以增加10點，輸了就會減少10點對吧？這……除了對戰以外，使用『加速』也會消耗點數，那麼所有超頻連線者所擁有的點數總和不就只會減少，不會增加？也就是說，不擅長對戰的人當然也就有可能會讓點數降到零……萬一真的降到零，會有什麼下場……？」

「你果然不簡單，吸收得很快。答案很簡單，就是會失去『BRAIN BURST』。」

黑雪公主的暗色眼眸浮現了燃燒般的色彩，筆直望向春雪。

「程式會自動反安裝，此後再也不能重新安裝，就算換上新的神經連結機種也沒用，因為程式會根據每個人固有的腦波來辨識。任何人一旦被剝奪所有點數，就再也無法『加速』。」

她以寒冰般的嗓音這麼宣告之後，又補上了一句但書：

「當然也有像你這樣後來才參加的新人，所以整塊大餅並不是只減不增。不過就算是這樣，點數總和還是有緩慢減少的趨勢。」

然而春雪卻幾乎沒有把後面追加的這番話聽進去。

「失去……『BRAIN BURST』。」

自己明明只嘗過兩、三次「加速」的滋味，但光是想像失去之後的情形，就覺得背脊彷彿凍成冰塊。這不只是因為會再也無法加速，另外還有一個原因，那就是一旦失去「加速」，春雪將會失去原本就跟他活在不同世界的黑雪公主之間唯一的接觸。

這時他總算體會到被那名骷髏騎士搶走的10點有多麼沉重了。

「好了……春雪，你要怎麼做？」

聽到這句耳語般的詢問，春雪抬起頭來回應：

「什麼……怎麼做……？」

「你現在要回頭還來得及。回去那個沒有『加速』，也沒有『對戰』的平凡世界。霸凌你的笨蛋也不會再出現了，這點我可以用學生會幹部的身分向你保證。」

「……我……我……」

——什麼加速還是BRAIN BURST都不重要，我只是不想跟妳分開。

但春雪當然說不出這種的話，而是握緊了銀色的拳頭這麼回答：

「……我還欠學姊人情沒有還。」

「哦？」

「妳給了我BRAIN BURST，把我從那個地獄裡拉了出來，妳這麼做不是為了搶走我預設的100點，這點我還看得出來。畢竟如果妳是為了點數，話總是有辦法說得更漂亮的……既然不是為了點數，那妳應該有事情想要我代勞。這個目的對妳來說應該很重要，所以妳才會那麼大費周章，去查我打壁球的高分記錄，還從頭教會我加速是怎麼回事。不是嗎？」

「唔……你的推論很合理。」

春雪隔著銀色的面罩，正視著微微露出笑容的美麗虛擬角色。

「我……像我這種人，本來根本不可能跟學姊這樣說話。我不但長得醜，而且又胖又愛哭，還會對僅有的兩個朋友記恨、嫉妒，講不到兩句話就拔腿開溜，真的是糟糕到了極點，差勁透了。」

儘管他自己也覺得：我沒事提這些做什麼！但話卻像潰堤的洪水般停不下來。所幸虛擬角色的臉部像鏡子一樣沒有表情，算是不幸中的大幸。

「我明明這麼差勁，但是高高在上的黑雪公主卻肯跟我說話，還和我直連，哪怕明知那只是因為我玩遊戲的技術比別人好上一點，哪怕明知沒有其他理由，可、可是我還是不希望就這麼結束，就是說……」

自己真的是有夠不會講話，就不能先整理好想法再說出來嗎？唉唉，這種時候才正應該加速啊，啊、不對，現在就已經在加速了。

春雪陷入前所未有的恐慌狀態，但還是無法不吐露心聲：

「所以……所以我希望可以回應學姊的期待，我希望自己可以好好回報妳對我施捨的……慈、慈悲。雖然我不知道自己能做些什麼，可是如果妳現在有遇到困難，任何能幫上忙的事情我都希望去做。所以我……我不會反安裝BRAIN BURST。我要挺身而戰……以一個超頻連線者的身分挺身而戰。」

我在搞什麼鬼，只要講最後那句不就好了！我到底在扯什麼東西啊？

吐出所有心聲之後，春雪羞得把細小的虛擬角色縮得更小，更不敢抬起頭來。

他已做足心理準備，認為黑雪公主一定會覺得「這個會錯意的人，也未免太自以為是了吧」。沒想到下一刻，一句斷斷續續的說話聲音撼動了他的聽覺：

「不要用……慈悲這種說法。」

春雪心中一顫，以微微上抬視線捕捉到的，是一張這幾天來表露出最多情緒的臉孔。

「我只是個愚昧而無力的國中生，跟你站在同一個地方，呼吸一樣的空氣，一樣都只是個人。何況到了這個場地，你跟我就是完全對等的超頻連線者。刻意保持距離的人是你，虛擬世界裡的區區兩公尺，對你來說就真的如此遙不可及？」

話一說完，她就無聲無息地伸出了白嫩的右手。

就是這麼遙不可及。

春雪在心中這麼自言自語。

妳不了解對於我這種人來說，光是走進像妳這樣擁有一切者的視線範圍，就是件多麼令人戒慎恐懼的事情。我只要當個僕人就好，只要能當個忠心聽妳命令行事的棋子，就已經幸福得喜出望外了。要是現在反握這隻手，我就會產生不必要的期待，產生一種日後一定會化為加倍後悔回到自己身上的有毒期待。

對千百合跟拓武也是一樣。我只要當個對他們兩人來說是個挺逗趣的胖子朋友，就已經心滿意足了。自己明明只求不被憐憫或同情，並不奢望更好的定位。

春雪口中吐出的聲音，就像吹在虛擬夕陽下的焚風一樣乾燥。

「學姊把我從地獄裡救了出來……這對我來說……已經是一輩子的幸福了，我不會期望更多，絕對不會。」

「……是嗎？」

黑雪公主自言自語地放下了手。

一陣生硬而沉重的沉默，支配了整個場地好一會兒。而打破這陣沉默的，是她那聽起來跟往常沒有絲毫兩樣的流暢話聲：

「你的志氣我就心懷感激地收下了。我現在的確得面對一個有點棘手的問題，希望藉助你的力量幫我解決。」

春雪小聲呼了口氣，點點頭回答：

「好的，只要我能力所及，什麼事我都肯做。那我該做什麼才好？」

「首先我要你學會怎麼『對戰』。體力計量表下方有顯示你自己的名字，你點選看看。打開『設定』選單，可以查看你的對戰虛擬角色上面所設定的普通招式跟必殺技等全身指令。」

「必……必殺技？」

春雪停住伸到一半的手，複誦著反問。

「嗯，程式在創造對戰虛擬角色時，會根據屬性來將固定量的潛力點數分配到各個能力參數上。有的類型強項是攻擊力，有的強項是防禦力；也有些類型比較刁鑽，擅長靠必殺技一舉反敗為勝。可是以大原則來說，只要對戰虛擬角色的等級相同，總潛力點數都是完全一樣的。你雖然在第一次對戰中慘敗，但那並不是因為對手比你強，只是當時你還不懂得戰法而已。」

原來那個機車騎士「Ash Roller」跟春雪一樣是1級。當時春雪只覺得這個對手壓倒性地比自己要強，原來他的戰鬥力其實只跟「Silver Crow」差不多？

如果真是這樣，那麼這具瘦小的機器人虛擬角色上，肯定設定了威力非常強大的必殺技。

春雪滿懷期待地伸出銀色手指，按下自己的名字。

一個半透明的視窗隨著音效開啟。

視窗裡以簡單的人形動畫來顯示身體動作，並在右方顯示招式名稱。

首先是沉腰握起右拳往前擊出的動作。普通招式「拳擊」。

第二招則是右腳後拉往前踢出的動作。普通招式「踢擊」。

最後則是必殺技——雙手交叉於胸前，接著往左右張開，猛力將頭往前撞。招式名稱就叫做「頭錘」。

就只有這樣，除此之外什麼都沒有。

「……請問一下。」

春雪茫然地問道：

「上面只有普通招式的拳擊跟踢擊……還有必殺技也只是普通的頭錘而已。」

「哦？」

聽到這個情形，黑雪公主右手的手指抵著耳邊，側著頭。她看起來表情沒有改變，但春雪卻不敢再看下去，便馬上低下了頭。光是想像到她黑色的眼睛中會浮現出多麼失望的神色，就覺得全身發燙。

但他還來不及意識到這點，嘴巴就先動了起來：

「沒有，沒什麼，因為其實我早就隱約料到了。畢竟這個虛擬角色從外觀上就一副沒用的模樣啊，對不起，我辜負了妳的期待。沒關係的，妳不用再理我了，就請當作抽到空籤吧。」

「你這個……大笨蛋！」

春雪全身一顫，抬起頭來。不知不覺間黑雪公主已經走近到自己眼前，柳眉倒豎，以烈火般的雙眸低頭看著自己。

「你的人生要怎麼活，我不會去干涉，畢竟我也一樣只是個國中生。可是在BRAIN BURST，我可是資歷比你多出六年以上的先進。我應該說過所有對戰虛擬角色的潛力都是相等的，你這麼快就忘了？」

「可……可是，實際可以用的招式就只有拳擊、踢擊跟頭鎚……」

「那就表示一定另有足以彌補的強處。」

黑雪公主稍微放緩了視線的壓力，以開導般的語氣說下去：

「這款對戰虛擬角色是你的心造出來的，怎麼可以連你自己都不相信呢？」

我最不敢相信的人就是我自己啊。

儘管心中這麼說，但春雪還是點了點頭。

「真是對不起，我會相信的……先不管我相不相信自己，至少妳說的話我一定會相信。」

聽到他這麼說，黑雪公主臉上微微綻放出笑容——儘管那只是苦笑。春雪也稍微放鬆了肩膀的力道。

「看來在學戰法以前，你還另外有東西得先學好才行啊。所謂的頑強……」

她微微一頓，一絲苦笑中帶著些微哀切的神色。

「所謂的頑強，絕非單指最後獲得勝利。我自己就花了太多時間才體會到這一點。而等到我體會到時，一切都已經太遲了。」

春雪完全無法領悟這段說得平靜話語裡的真正含意。他歪著歪頭思索，想要加以反問，但黑雪公主卻不給他這個機會，當場轉過身去。

「嗯，時間快要到了。」

一看之下才發現本來多達一千八百秒的倒數時間，已經只剩下區區二十秒了。

「那麼下一堂課就來實習吧。」

「啥……咦……？這話是什麼……」

看到春雪聽得瞪大了眼睛，黑雪公主臉上露出剽悍的笑容。

「那還用說，當然是去討回你丟掉的10點啊。」

這句話剛說完，「對戰」就在顯示平手的戰果畫面下結束，同時「加速」也跟著解除。

才剛回到現實世界中的交誼廳，黑雪公主更不給春雪機會發言，就立刻拔開了直連專用的傳輸線。

「好了！我們開始用餐吧，有田，飯菜都要涼了。」

說完就滿臉笑容地從桌上拿起了一支小小的湯匙。無可奈何之下，春雪只好也跟著將手伸向放在自己面前的大盤咖哩飯。這盤咖哩飯從櫃臺拿到這裡，體感時間已經過了三十分鐘以上，卻還熱騰騰地冒著煙，讓胃都縮了一下。

周圍各桌則跟昨天一樣，對春雪集中照射責備的視線，他本來覺得還不如整盤端去學生餐廳的角落吃，但卻抗拒不了飢餓。才剛狼吞虎嚥地扒進三口飯，就聽到坐在同一桌的高年級生找黑雪公主說話，讓春雪一口飯噎在喉頭。

「公主，差不多可以告訴我們了吧？我們都好奇心得要死呢！我們該怎麼看待妳跟這位仁兄之間的關係呢？」

春雪猛然抬起視線，就看到發言者是那名昨天也出現的、有著輕柔秀髮的學生會幹部。記得她是二年級，擔任書記職位。

「唔。」

黑雪公主將湯匙放到焗飯旁邊，以優雅的動作端起茶杯，微微擺出思索的模樣。周圍的學生不約而同地靜了下來。

「說穿了，就是我向他表白，而他甩了我。」

尖叫聲跟驚叫聲充斥於整個世界。

春雪咬著湯匙，抱起整盤咖哩拔腿就跑。

「我……我說學姊啊！」

下午兩堂課都在眾人針刺般的視線中度過的春雪，從走向校門的黑雪公主右後方壓低了聲音抗議。

「妳在打什麼主意啊！這下我又會被人霸凌了！絕對錯不了！」

「你這宣言倒是說得鏗鏘有力啊。」

黑雪公主嘻嘻一笑，一臉風涼地說了下去：

「我明明只是陳述事實啊，而且你看起來也並非完全沒這個意思呢。」

說著說著就迅速在自己的虛擬桌面上操作，做出彈指的動作。緊接著就有檔案透過區域網路傳來，讓春雪的視野內出現了一個閃爍圖示。點選下去後，眼前就開啟了一張大尺寸圖片。

那是一張照片，拍到的是自己咖哩飯的湯匙含在嘴裡，還張大嘴巴的白痴樣。

看到這張照片，春雪立刻大喊：

「嗚嘎啊啊！」

接著迅速拉起檔案砸進垃圾桶。

「妳妳妳到底是什麼時候拍到這種視野獨家特寫的啊！動作快也該有個限度！」

「沒什麼，只是做個小小的紀念而已。」

就連現在這樣談話的當下，周圍仍不停朝春雪身上發射似乎真具有殺傷力的視線。明知為時已晚，春雪還是忍不住縮起肩膀，但黑雪公主的身影那麼纖瘦，終究不夠他躲。

「你應該抬頭挺胸。因為這間學校裡被我甩掉的男生固然很多，反過來的情形可就只有你一個。」

「我就是要說這個，我到底什麼時候甩過學姊啦！」

「你這麼說可真過分，害我聽得多受傷……啊，別說這些小事了。」

黑雪公主只用「這些小事」就輕輕帶過整個問題，以鄭重的表情小聲說：

「一走出校門，你的神經連結裝置就會連上全球網路。只要有超頻連線者待在包含本校在內的『杉並第三戰區』內，任何人都可以強制你進行對戰。你要在被人找上之前就先加速，從對戰選單裡找出『Ash Roller』來向他挑戰。」

「咦……戰區？這就表示可以對戰的範圍是有限的？」

聽到春雪的疑問，黑雪公主微微點了點頭。

「那還用說？就算允許你找遠在東京另一端的人對戰，多半也是還沒碰到面就會耗完三十分鐘了……總有一天，你會踏進不限制人數的多人連線集團戰用戰場，不過那是等級超過4級以後的事了，現在你還是該先專心應付眼前的戰鬥。」

黑雪公主以銳利度略增的嗓音為整段課程作結：

「我話先說在前面，輸了可沒辦法立刻再挑一場，因為一天對同一個對象只能挑戰一次。」

我也會去觀戰，可是很遺憾的我不能出手幫你……你別一臉喪氣樣，只要照我寫在郵件裡的方法去打，至少不會打輸。」

「好……好的。」

春雪吞了吞口水點點頭，接著在腦內剪貼第六堂課上到一半時收到的純文字郵件內文。

「這次才是你真正的出道戰。祝好運了，『Silver Crow』。」

被她啪的一聲從背後一推，春雪就踏進了沙塵漫天飛舞的人行道上。

4

戰場又是被成群火堆照亮深夜廢墟的「世紀末」場地。

春雪將原本就瘦小的虛擬角色縮得更小，藏身於通往環狀七號線的天橋上。

上次對戰時由於滿心恐慌，根本沒有注意到，但其實視野中除了顯示剩餘時間跟體力計量表之外，還有顯示一個小小的藍色三角形，這是用來顯示敵人大致方位的導航游標。

三角形指著一條筆直寬廣道路的北方不停顫動。儘管游標沒有轉動，卻不代表敵手「Ash Roller」只在遠處靜止不動，對方多半正筆直急速接近。因為游標只顯示方向，不會告知距離。

春雪在腦子裡複習黑雪公主送來的攻略郵件內容。

【根據你提供的情報進行評估的結果，Ash Roller有兩個很大的弱點。首先就是移動時會發出很大的聲響。】

沒錯，像上次也是只要有好好注意周遭，應該遠遠就能聽到那凶猛的汽油引擎聲響。

這次不能重蹈覆轍了。春雪屏氣凝神，拚命地側耳傾聽。結果——

來了！

游標還是一樣紋風不動，但那旁若無人的重低音卻已經觸動了春雪的觸覺。看樣子這個人正引擎全開，在無人的環狀七號線上大飆特飆。相信他現在一定很開心，因為如果現實世界中的他也是個機車騎士，想必平常都是在塞車的路上慢吞吞地騎著電動速克達機車。而且挑戰者還是今天早上才讓他滿血獲勝的新手，自然更令他開心了。

可是這次至少不會讓你滿血打贏。原因很簡單，因為這次會由我來先發制人。

春雪猛力咬緊牙關，瞪視著藍色的游標。

對方還是一樣筆直朝南方前進，但從引擎聲就可以聽出接近到什麼程度，然而對方應該就無法這樣判斷了。因為處在筆直高速接近的狀況下，游標只有在雙方交錯的那一瞬間會變向。

春雪整個人繼續趴在天橋的地板上，拚命瞪視著通往高圓寺車站方向的下坡路段。爆響聲越來越高亢，終於近得已能用身體感受到震動——

看到了。

對方至少有關掉車頭燈，但春雪確實看見了偏紅的火堆光線閃爍於鍍鉻車身上的模樣。離他騎上路口還有大約十五——不對，大概十秒吧。

奇襲的機會只會有一次，但春雪的武器卻只有拳擊和踢擊這兩種普通招式。也就是說，唯一的攻擊方法就是整個人從天橋跳下去攻擊。

這太可怕了！這種事我怎麼可能做得來？

儘管只有一瞬間這麼覺得，但春雪仍然在內心痛罵自己。

說什麼傻話？現在我可不是重量超載的十三歲少年有田春雪，而是超頻連線者「Silver Crow」。另外這裡也不是現實世界，而是虛擬的遊戲空間，是我過去投注了所有時間與熱情的世界，甚至可以斷言說這種空間對我來說才是現實。

那麼我就不會輸。不對——應該說這次該換我輕鬆痛宰你一頓啦，你這個骷髏混蛋！

「哇啊啊啊！」

春雪大喊一聲爬起身來，一口氣翻越鐵柵欄跳了下去。

要從高處往下跳，踢中以時速１００公里以上通過的機車騎士，恐怕是難上加難，難度遠超越春雪的想像。

然而，對於連虛擬壁球遊戲中，那快得讓肉眼看不到軌跡的球都能打個不停的春雪來說，Ash Roller的骷髏安全帽已經是個超大型標靶了。春雪在空中伸出右腳，張開雙手控制姿勢，化為一支銀箭衝了過去。

「……噢哇？」

他覺得自己好像聽到骷髏面罩下發出這麼一聲慘叫。

但這時他那裏在銀甲中的腳跟，已經結實地踢中骷髏頭的正中央。

隨著磅的一聲劇烈衝擊聲響，面罩上產生了放射狀的裂痕。騎士的脖子猛然往後一彎，春雪就像在溜冰似的從他臉上溜了過去，最後墜落到柏油路面上滾了好幾圈。

一瞬間春雪轉得頭昏眼花，但他立刻抬起頭來，察看身後的情形。

機車前後碟煞迸射出大量火花，朝右前方衝了過去，撞進路肩的大堆瓦礫才總算停住。騎士身體在反作用力的驅使下整個趴在油箱上，同時引擎也發出噗滋一聲沒出息的聲響熄火。

「……成、成功了。」

春雪自言自語說出這句話，用力握緊右手之後，看了看雙方的體力計量表。

Silver Crow這邊看來是扣去了從高處落下的損傷，減少了五%左右；相較之下，Ash Roller可就損失慘重，在飛踢與撞車的雙重打擊之下受到重大損傷，計量表大損二〇%以上，顏色也變得略微泛紫。

先發制人的一擊可以說獲得了完美的成功，然而情形並不容許他一直陶醉於完美命中的餘韻中。

春雪站起身來，朝著事先找好的一棟位於道路左側的五層樓建築跑了過去。按照黑雪公主的說法，世紀末場地是以道路為主戰場，所以進不去建築物，但建築物外側的樓梯則不受這個限制。

建築物的牆面上設有已經半崩塌，只能說是聊勝於無的逃生梯。跳上逃生梯之後，春雪就一口氣跑上了屋頂。

【Ash Roller的第二個弱點，就是對戰虛擬角色的潛力點數幾乎全灌到機車上，相信騎士本人的戰鬥力應該趨近於零。所以你要先發制人打傷他，再移動到機車上不去的建築物屋頂。】

這就是黑雪公主為春雪訂立的作戰計畫。

只要在所受損傷較少的狀態下跑上樓梯，之後再等時間結束就可以獲勝。又或者就算騎士下了機車爬著樓梯上來，光靠拳擊和踢擊就可以輕鬆打垮他。

從某些角度來看，這個計策可說十分卑鄙。但事實上春雪最喜歡的，就是這種巧妙針對弱點來取勝的戰法，甚至覺得這才是遊戲的本質所在。

春雪心想：眼前不妨先從屋頂上，對今天早上Ash Roller那歇斯底里的狂笑加倍奉還。於是他移動到屋頂邊緣去。

仔細往下一看，撞車的機車才剛重新發動引擎。車身發出喘不過氣來般的引擎聲，終於被猛力從瓦礫堆中拉了出去。

就在春雪想著要怎麼激怒對方時，耳中聽到了不知道從哪兒發出的竊竊私語聲：

「哦？那個小個子還挺有一套的嘛。」

「跟今天早上差得可真多，不知道帶他的『上輩』是誰。」

將視線轉過去，就看到一棟不遠處的建築物屋頂上有兩道人影的輪廓，正坐在巨大水塔邊上低頭看著這邊。是「觀眾」。

超頻連結者之間的「對戰」，在現實世界中最多也只發生在一點八秒之間，要是想等到有人開打以後才開始加速，根本就來不及反應，所以這個程式也提供了觀戰功能。只要事先登錄自己有興趣的超頻連線者或是好友的名字，這些人開始對戰之後，自己也就能自動加速，潛行到戰場空間中觀戰，而這種用法並不會消耗點數。

放眼看看四周，就發現不知不覺之間，四處屋頂上或是巷子裡都可以找到佇立觀看的人影。他們不可能是跟著春雪加速過來觀戰，所以多半是一群有在注意Ash Roller的超頻連線者。

然而，其中應該有唯一一名當Silver Crow觀眾的人，這個人當然就是「Black Lotus」，也就是黑雪公主。

正當春雪為了找出她而四處張望時，其中一名坐在水槽上的兩人組觀眾，就對春雪揮了揮手說道：

「等你贏了這場對戰，我就要把你也登錄下來。加油喔，小弟弟。」

「但我看大概沒這麼簡單吧。」

聽到另一人這麼說，春雪在內心做出回答：

很遺憾的，接下來的部分可就不太精彩刺激了，因為多半會拖到時間結束。

春雪帶著這樣的心情微微聳了聳肩，再次把視線拉迴路上。

接著他震驚得全身僵住。

在遙遠下方，Ash Roller所騎的機車還小得像顆豆子般，但不知不覺間他已將前輪立在建築物的牆壁上。

這……你這小子想幹嘛啊？

回答他的是一聲尖銳的震怒喊叫聲：

「你這禿子不要給我得意忘形了！看大爺我用愛車V-twin Sound趕得你雞飛狗跳！」

引擎轟然發出咆哮，鍍鉻的排氣管噴出排氣的火焰。

緊接著整台巨大的美式機車就猛然沿著建築物牆面筆直往上攀登。

「哇咧……」

眼睛差點從銀色面罩下面跳了出來的春雪，不由得退開一步——就在他退開這一步的短短兩秒後，一團大鐵塊一路散播著爆響與焦臭氣味，從他觸手可及的距離垂直橫切而過。

機車又催得引擎發出更高亢的聲響，從屋頂邊緣往上飛出將近兩公尺高的高度，順勢朝著春雪落下。

「哇啊啊！」

春雪趕忙又往後跳開幾步。

劇烈的衝撞聲與灰色的後輪打在屋頂的水泥地板上，撞出放射狀的裂痕，濺起的部分碎屑更打在春雪的裝甲上。這一瞬間，儘管只少了一點寬度，但自己的體力計量表確實受到削減，讓春雪又是一陣震驚。

如果是一般的對戰遊戲，傷害的發生應該只能透過系統規定的方法。這款「BRAIN BURST」果然不是一段的遊戲，不但聲光效果精密到讓人區分不出跟現實之間的差別，對於寫實性的追求更是到了偏執的地步。

要在這個世界裡贏得戰鬥的勝利，相信關鍵就在這個環節上。

春雪一邊將這點銘記在心，一邊抬頭望向這個累積的經驗想必遠多於自己的敵手。

Ash Roller靈活地讓機車保持直立，低頭瞪視著春雪，以金屬質的尖銳嗓音開始說話：

「其實啊，多虧今天早上贏了你，讓我總算集滿300點，所以我已經升到2級啦──」

鐵灰色的安全帽上，可以看到骷髏面罩已經毀損，露出了一部分的真面目。本來還以為他是個滿臉橫肉的壯漢，但面罩下露出來的，卻是一張比較偏理工科秀才風貌的少年臉孔。

對戰虛擬角色呈現的，是一個人的自卑感。黑雪公主的這句話在他腦中閃過。

薄唇微微顫動露出笑容的Ash Roller，先催了催油門才接著說下去：

「當初我還超猶豫說不知道升級點數該選什麼才好，最後必殺技跟加快車速我都放棄，選了牆面行駛能力，真沒想到大爺我這個選擇實在是對得不～能～再～對～啊～」

他從握把上放開雙手，用兩手食指指向春雪大喊：

「而你呢，運氣實在是無～敵～背～啊～」

不用你說我也知道。

春雪暗自咒罵，但他卻也不是只愣愣站著聽對方放話。他一直拚命觀察周遭，回想黑雪公主的郵件，絞盡腦汁想要找出突破困境的方法。

【要是先制攻擊或後來的退避行動失敗，被迫要跟騎在機車上的Ash Roller正面硬拚，那麼非常遺憾，你獲勝的機率將會變得相當低。原因很簡單——】

接下來黑雪公主就寫到了對戰虛擬角色之間的「相剋」關係。

超頻連線者都會自動被賦予英文的稱呼，而其中一定會包括一個顯示顏色的單字。

從對方的顏色就可以大致掌握到對戰虛擬角色的屬性。

「藍色系」是近距離直接攻擊，「紅色系」是遠距離直接攻擊，「黃色系」則是間接攻擊。紫色與綠色這類介於兩種原色之間的顏色，則具備橫跨兩個色系的屬性。而除了這些分布在色相環上的顏色之外，還有冠上金屬名稱的「金屬色系」，是一種防禦能力優於攻擊能力的屬性。

【包括你的「SILVER」在內，金屬色系是相當稀有，同時也非常強勢的屬性。對於切斷、貫穿、高熱、毒性都具備抗性，而且硬質的身體所帶來的近距離攻擊力也絕對不低。不過這個色系當然也有弱點，腐蝕系攻擊對你們來說幾乎是天敵，對打擊類攻擊的抗性也很差。】

黑雪公主對「Silver Crow」做出這番分析之後，還對她應該未曾謀面的「Ash Roller」也解說得十分詳細：

【相較之下，Ash Roller的「Ash」在色相環上則是屬於偏綠的藍色。而這個顏色的彩度較低，正顯示出他的攻擊性質極為特異。輪胎並非正規武器，比較不容易看出來，不過我想攻擊屬性多半就是屬於近距離打擊類。也就是說，你的裝甲對於Ash Roller的衝撞攻擊幾乎完全無法發揮作用。也因此，一旦面臨正面硬拚的情形，你就只有一種方法對應。】

——一心一意躲到剩下時間耗完為止。

說得倒容易。

春雪以絕望的心情，重新看清楚建築物屋頂的大小。

長寬都不到二十公尺。黑雪公主所擬訂的躲到底作戰，是想定在空曠無人的環狀七號線打鬥。她當然不會料到機車可以爬上牆的情形。也就是說，就結果而言，春雪等於是自己跑進了對他不利的地形。

考慮到機車的衝刺力，他大概無法逃到逃生梯。那麼他應該冒著受到損傷的風險，從屋頂上跳下去嗎？若這一跳導致體力計量表耗損到比Ash Roller還低，那就血本無歸了。

想不出突破現狀方法的他，只能愣愣站在原地。而機械坐騎的騎士則對他投以得意的高聲大笑：

「嘻哈哈哈！你這個滑溜溜亮晶晶的小鬼已經沒轍啦？那就由我來出招啦！」

內燃機發出怒吼，空轉的後輪冒出了青煙。

前輪咚的一聲著地，巨大的機車筆直朝春雪衝了過來。

「哇！」

春雪在驚呼聲中往右一跳，但距離實在不夠。腳背被輪胎擦過，讓體力計量表一下子少了一大段。就在同時，春雪的神經竄過一陣酸麻的衝擊，以及一瞬間的劇痛。

在虛擬實境遊戲裡重現「痛覺」的設計，應該在多年前就已經被立法禁止了。這果然不只是普通的娛樂。這種戰鬥是虛擬，但同時也是現實。

機車在衝過短短三公尺左右的地方，發出劇烈的輪胎摩擦聲響，做了一次甩尾掉頭，重新做好衝刺的準備。

有沒有什麼辦法？有沒有什麼可以一舉扭轉局勢，起死回生的奇招——

有了，就是必殺技！

就算名稱只是平凡無奇的「頭錘」，說不定卻會有著足以粉碎岩石的威力。

春雪將一絲希望寄託在必殺技上，按照設定畫面的人影輪廓所顯示的指令，雙手牢牢交叉於胸前，接著上半身猛力向後仰，雙手盡量伸展開來。

隨著一陣不怎麼帥氣的嗡嗡聲音效響起，春雪意識到自己那滑溜閃亮的頭部開始發出白色光輝，周圍的觀眾也都開始鼓譟。

一定能成功——內心對此深信不疑的他，瞪著那輛直衝而來的機車。

「唔喔喔喔喔！」

春雪一邊大喊，一邊將發光的頭撞向機車的車頭燈——

但遠在這招命中之前，整個人就被粗重的前輪撞得後仰倒地，甚至在水泥地上撞出一個人形凹洞，身體還陷了進去。頭上的特效光芒消散在空氣中，平白耗光了整條必殺技計量表。

觀眾爆出的轟然大笑撼動了場地，而一道混入其中的喃喃自語聲傳進了春雪的耳朵：

「真遺憾，看樣子是結束了。」

春雪全身都在他早已熟悉的羞愧情緒驅使之下變得滾燙。

該死，該死。至少在虛擬遊戲裡我應該是個英雄啊。是可以選的角色太弱了，必殺技竟然只有根本打不到人的頭錘，哪有這麼爛的角色？這誰玩得下去啊？

儘管他站了起來，卻開始自怨自艾，還想立即坐回地上，但這時一個景象映入了眼簾——

在遙遠的另一頭，一棟特別高個大樓屋頂上，有個孤獨的人影輪廓正看著這裡。

在夜風中搖曳的捲髮、輕飄飄禮服，以及剔透的蝴蝶翅膀。

這道人影放眼望去比米粒還小，根本看不清楚表情，但春雪確實感受到了來自這道人影的嚴厲視線。

不行——不可以放棄。

就算最後會輸，也要掙扎再掙扎，難看地糾纏到底。如果連這點事都做不到，自己將會連當她棋子的資格都沒有。

春雪揮開羞愧，動員腦中的所有知識與經驗拚命思考。

是虛擬也是現實，這就是「BRAIN BURST」這款遊戲最大的特徵所在。既然這個世界有著壓倒性的精細度與寫實性，相信Ash Roller的機車也並非只用多邊形拼湊出來，裡頭一定也有因為精密重現車體而衍生出來的弱點。

機車——而且還是上個世紀的汽油引擎型機車，有著什麼特徵呢？

很吵、汽油味很重。這些部分在雙方遭遇前確實算是弱點，但在這個狀況下就沒有差別。

汽油用光就會動不了。那麼只要能在油箱上打出洞來——不對，他根本不可能做出這麼精準的攻擊。

還有沒有？還有沒有其他特徵——

機車後輪磨出燒焦的胎痕調過頭來，第三度將發出黃色光輝的單眼大燈對準了春雪。

這一瞬間，春雪尖銳地倒吸一口氣。

有了，就是這個。以內燃機驅動的機車都會有這個特徵，同時也是弱點。

「嘻——哈哈哈哈！繼續跳啊——！」

鋼鐵坐騎在大叫聲中疾馳而來。

只要一次就好。給我動啊，Silver Crow，要動得比他更快。

春雪咬緊牙關，朝衝來的機車瞪了一眼。

沒錯——不管那小子速度多快，終究沒有快到肉眼看不見的地步。不要想用大動作躲得帥氣，要用最低限度的動作閃開。

「……！」

春雪集中全副精神，看準了即將被撞飛的瞬間，往右挪開了五十公分。

機車的握把邊緣擦過身體，Ash Roller就這麼從眼前通過。

這一瞬間春雪伸出雙手，拚著受到損傷的危險抓住了蓋在機車後輪上的黑色輪檔邊緣。隨著一陣手指差點被扯掉的衝擊，手臂上各個關節都散出火花，體力計量表也輕快地凹陷。

機車的速度微微慢了下來。春雪沒有放過這個空檔，伸直雙腳撐在地面上，身體猛力朝後仰起。鋼鐵的腳掌削得水泥屑不停濺起，計量表持續減少。

「嘻哈————！」

Ash Roller隔著肩膀回過頭來，高聲大笑。

「呆——子！憑你這沒幾兩重的小個子，哪有可能拉得住本大爺的怪物跑車啊啊啊！」

騎士靴猛然踩下踏板，黑皮手套猛催油門。

引擎發出怒吼，排氣管迸出火舌。緊接著整部美式機車就發揮了驚人的扭力，拖著春雪再度開始加速。

就在春雪聽到自己雙腳腳掌發出劇烈摩擦聲響的同時——

「嗚……燙燙燙燙痛痛痛痛——！」

腳掌傳來的滾燙與疼痛就像被人用極粗的挫刀猛挫一般，不，事實上真的就是這樣，讓春雪痛得發出慘叫。

「嘻哈哈哈哈哈！再不快點放手，你的血條兩、三下就會磨光啦——！」

刺耳的金屬聲響與Ash Roller得意的吶喊聲重疊在一起。銀色的雙腳因過熱而變得通紅，體力計量表更是以駭人的速度不斷減少。

然而春雪卻沒有放開雙手。他在銀色的面罩下咬緊牙關，拚命忍耐滾燙與疼痛，不知變通地繼續抓在機車車尾上。

如果這裡是眼底下的環狀七號線路面，Silver Crow瘦小的身體多半會如Ash Roller所說，慢慢化為細小的鐵屑磨個精光，但廢棄建築物屋頂的空間終究有限，不可能永遠保持直線猛衝。

眼看著人車就要逼近矮柵欄，骷髏騎士發出「嘻喔」一聲怪叫壓斜車身，讓機車迴旋掉頭。碟煞吐出火花，粗重的輪胎冒起白煙。

「嗚唔唔！」

春雪拚命撐住身體，不讓離心力將自己甩出去。

就快了。再過半秒鐘，第一個也是最後一個的機會就會來臨。

引擎降低轉速，機車完成掉頭，正準備再度開始衝刺的當下──

就在加速前的短短一瞬間，Silver Crow的腳底牢牢咬住了地面。

「──喔喔喔喔喔！」

春雪大聲吼叫。

同時使出渾身力氣，將雙手抓住的輪檔往正上方抬了起來。膝蓋、手肘跟肩膀同時爆出火花，讓降到兩成左右的體力計量表最後又挨了一擊，但纖細的雙腳卻伸得筆直，撐住了巨大的重量。

過了零點一秒之後，粗大的後輪猛然開始轉動，但這股動能卻沒有化為推進力。因為胎面在千鈞一髮之際離開了地板。

「喔……喔？」

背對著他跨坐在座椅上的Ash Roller，就在春雪面前大喊了出來，手忙腳亂地扭動兩、三次右手。

每次扭動右手都催得引擎怒吼，後輪就像發瘋般似的猛轉，但鋼鐵的車身卻不再動彈。

這就是春雪發現的「弱點」。不同於前後輪都有內藏馬達的電動機車，上個世紀的內燃機式機車是靠接在引擎上的鐵鍊來驅動後輪。雖然絕對舉不起整台機車，但如果只需挺直鋼鐵的機器人虛擬角色來稍稍抬高後輪，要舉一個小時也難不倒他。

「你……你這傢伙！喂！放我下來，禿子！」

春雪抬起頭來，看著Ash Roller扭過身體，隔著肩膀鬼叫。接著儘管明知對方看不到，但春雪仍然露出滿臉的笑容說了：

「我才不要，不爽你就催動前輪給我看看啊。」

回到非加速世界之後，春雪深深吸了口午後陽光下的空氣，慢慢地呼了出來。

對戰在剩下600秒的時候分出了勝負，所以換算下來，現實世界中才只過了一秒多一點。然而他的雙手手掌都已經冒汗，還像麻木似的變得越來越冰冷。

當他用僵硬的手指頭按住神經連結裝置的切斷全球網路連線鈕，就被人啪的一聲在背後用力拍了一記。

「喂，真有你的啊！Silver Crow！老實說我本來還以為你輸定了呢。」

回過頭一看，就看到黑雪公主一張小臉上難得露出了明確的笑容。他們是在走出校門之際一同加速，所以近在身邊也是理所當然。但在對戰場地內，她卻是在遙遠的大樓屋頂上俯瞰整場戰鬥，讓春雪一時之間有點搞不清楚狀況。

那才是我跟她之間真正的距離。我可不能會錯意。

春雪內心這麼告誡自己時，回以生硬的笑容：

「我……我本來也以為輸定了。」

「不用謙虛，你贏得很漂亮，就連我當初也完全沒有考慮到Ash Roller的機車內部構造……當然，正因為你的虛擬角色具有這等爆發力，才有辦法抓住那個弱點。不管怎麼說，這下你可討回點數了吧。」

「不，還不止這樣。系統幫我加算了20點，因為他已經升到2級了。」

黑雪公主眨了眨眼睛，臉上隨即綻放出更燦爛的笑容，又在春雪背上拍了一記。

「哈哈哈，這樣啊？所以他才能垂直跑上牆壁啊？」

「這一點都不好笑，當時我都嚇呆了。」

「呵呵呵，不好意思。不過也就是因為這樣，你才能贏得這麼帥氣又精彩不是嗎？我有聽到觀眾之間的談話，他們說你還是第一個用這種方式攻略Ash Roller的人，你贏得很漂亮。」

「哦、哦……」

Ash Roller被人舉起驅動輪而動彈不得後，還坐在車上鬼叫了五分多鐘，最後才終於下車。春雪當然不會坐失良機，撲過去展開貼身肉搏，揮出名符其實的鐵拳大獲全勝。

「你的『拳擊』跟『踢擊』也變得相當有模有樣了。先不講『頭錘』，照你的身手，若碰上中規中矩的格鬥型對手，應該沒那麼容易落入下風……啊，一直在這裡站著聊也不太對。」

聽到黑雪公主這句話，春雪往四周一看，就看到放學回家的學生都表露出好奇心。有人邊走邊看，更有人停下腳步，看著站在校門正前方的他們。

春雪嚇得驚呼一聲，像要躲進自己影子裡般縮起身體，卻在人牆堆裡看到千百合的臉，當場一口氣喘不過來。他反射性地撇開了臉。

昨天從千百合跟拓武眼前拔腿就跑的記憶還歷歷在目。三明治那件事都還沒有跟她道歉，卻又做出那種事來，讓他已經根本不知道這關係該如何修復了。

不對──那不是我的錯。我明明好說歹說要她別說出去，千百合卻把荒谷他們的事情告訴拓武，都是她不好。我可沒有拜託他們憐憫我，可憐我。

看到春雪頭一直不抬起來，黑雪公主有些訝異地問道：

「怎麼了？如果要換地方，我們就隨便找間店……嗯？妳是……？」

「妳打算拿小春怎麼樣？」

突然從極近距離聽到千百合說話的聲音，讓春雪嚇得跳了起來。

他猛然抬起頭來，映入眼簾的是兒時玩伴盡力仰起纖細的軀體來跟黑雪公主對峙的身影。

只有春雪知道當千百合不認輸的情緒高漲到極點，就會將她濃密的眉毛固定在這個角度。

這時千百合放低聲音繼續逼問：

「昨天會有人對小春施暴，就是因為學姊出言不遜對吧？可是學姊卻還這樣讓大家看春雪的好戲，學姊到底是打什麼主意？這樣做有什麼好玩？」

哇——

這這這種鬼狀況要怎麼辦才好啊？

完全超出自己處理能力上限的事態發展，讓春雪看得全身顫抖，但他還是勉力動起了嘴：

「喂、喂，小百……」

「小春你不要說話！」

挨了這道從小就深深烙印在記憶中的視線攻擊，過去身為手下的他也只能直立不動，乖乖閉上嘴巴。

而黑雪公主儘管正面接下這火力超強的千百合光束，卻仍然展現出過人的氣度，以一臉無動於衷的微笑表情側著頭。

「嗯……我聽不太懂妳的意思。妳這是在舉發我的罪狀，說我故意做出不合有田意思的事情來取樂？」

「我有說錯嗎？小春他討厭這樣。他討厭出風頭，討厭被人這樣盯著看。從剛剛他就一直顯得很困擾了不是嗎？只是學姊多半看不出來罷了。」

「唔，原來如此，也許妳說得不錯，我確實讓有田置身在他不喜歡的狀況下。可是我倒覺得要不要選擇繼續置身在這種狀況，應該決定在他本人的意思，妳真的有權利出口干涉嗎？」

「我有，因為這整間學校裡，就屬我跟小春當了最久的朋友。」

「哦？朋友……？」

一聽到千百合的宣言，白皙的美貌上立刻露出冰冷到了極點的黑雪式微笑。

「那算來我的順位應該比妳高。相信妳也已經聽說了吧？我已經對他表白愛意，現在是在等他回答，等一下我們要去小小約個會。」

嘎──

不行了，我不行了，這是世界末日，我明天非轉校不可了。

千百合及周遭的人們就像加速的時候一樣，當場鴉雀無聲地僵在原地。春雪也整個人凍結在很不自然的姿勢下，只有額頭上冷汗直冒。

一片寂靜中，黑雪公主從制服口袋裡拿出了一條純白的手帕。

「都快要冬天了還流這麼多汗，你還真奇怪。」

她一邊幫春雪擦汗，一邊用自己的手牢牢勾住他的右手。

「那我們先失陪了，朋友小姐。」

說完就拖著春雪龐大的身軀，從彷彿夾道歡送般站在左右兩排的學生中間往外走了過去。

春雪一路被她拖得向後走之餘，在恐懼中看到了兒時玩伴臉上從呆然震驚，轉為集滿三條憤怒計量表正要爆發之際的表情。

「我我我再說一遍……學姊妳到底在想什麼啊！」

從幹線道路轉進一條鋪了地磚的行人道上，春雪才總算將手從黑雪公主懷裡抽出，並大聲喊了出來。

「我我我我話先說在前面，這世上可不是什麼事情都能靠『加速』解決的！」

「啊哈哈哈哈。」

黑雪公主笑得極為開心。

「哈哈哈……這麼快就領悟到超頻連線者的真諦了啊？那不是很好嗎？」

「一點都不好！要是我明天開始拒絕上學，那可是學姊害的！」

「唉呀，你剛剛的表情明明就不是完全沒這個意思啊。這次我也拍到了清楚的視野獨家特寫，要看嗎？」

「我才不看！請妳丟掉這種照片！」

「呵呵呵……」

黑雪公主讓帆船鞋的鞋跟在耐磨地磚上踩出清脆的聲響，一直笑得肩膀小幅度抽動。沒過多久，她呼出一口氣，表情轉為嚴肅，補上一句「而且」之後，繼續說了下去：

「因為我有點好奇……不，應該說因為我有些事情想弄清楚。」

「咦？好奇……是對千百合好奇？」

「哦？你們的交情已經好到直接叫名字啦？」

「啊，不是，這個，我是說倉嶋，倉嶋千百合，她是一年一班的。」

「我知道，雖然我今天才第一次聽說她是跟你認識最久的朋友。不對，她跟你真的只是朋友嗎？」

面對懷疑的視線，春雪連連點頭：

「是的，我們從小就認識到現在……何況她已經有男朋友了。」

「哦？如果真是這樣，那未免……不……唔，嗯——」

「……學姊妳在唔什麼啊？」

「沒有，沒什麼，只是重新體認到現實世界果然很深奧而已。」

「哦、哦……」

感到莫名其妙的春雪倒吸一口氣，接著問出了先前他覺得不對勁的地方。

「呃……剛剛學姊說早就已經知道千百合的名字，沒錯吧？」

「沒錯，雖然完全是出於偶然，跟注意你的理由也完全不同，不過我一直有在注意她。」

「這、這是為了什麼？」

「這可就一言難盡了，畢竟這跟我找出你，邀你進加速世界的理由有著很直接的關係。好了，我們就先找地方喝個茶慢慢聊吧。這是慶祝你得勝，我請客。」

黑雪公主說完就換了個方向，走進了一間多半是從一開始就打算去的連鎖咖啡店裡。

所幸才剛到下午，店裡的顧客人影還顯得較為稀疏，但黑雪公主才剛踏進店裡，春雪立刻感覺到大量視線一下子匯集過來。光是這麼一個景象，就讓他不太敢跟著進去。

春雪本來就不曾在放學途中——不對，哪怕找遍人生中的任何時間，他從來沒有跟女生單獨喝茶的經驗。遇到這樣的場面，自然立刻陷入大腦負荷過度的狀態，幾乎是在全自動的狀態下點了特大號的飲料，乖乖地讓學姊請客，踩著搖搖晃晃的腳步讓身體嵌進了靠裡面的座位。

緊接著將遞到眼前的傳輸線插到自己的神經連結裝置上，他不禁心想：

哇！這是什麼情況？這樣簡直就像真的在約會……

應該不太像吧？從這種組合看來，應該比較像是姊弟？還是大小姐跟幫忙拿書包的僕人？

『我可是知道你在想什麼。』

緊接著就被瞪了一眼，讓春雪趕忙用力吸了口牛奶糖口味的特甜飲料。

『沒、沒有，我沒想什麼。別說這些了，剛剛學姊有提到邀我進加速世界的理由……』

『別那麼著急，這件事……說來話長。』

她以優雅的動作用嘴唇碰了碰看起來就不太甜的飲料，短短嘆了口氣，一隻手拄著臉頰。

在窗口射進的淡淡黃光照射下，儘管她身上穿的是國中制服，整個構圖卻宛如外國老電影中的場面，讓春雪看得說不出話來。彷彿眼前有一具舊式的投影式螢幕，只有這條直連傳輸線從螢幕上伸向自己一般……

春雪不知不覺間看得呆了，因此當他放在桌上的右手突然被輕輕一拍，嚇得整個人幾乎都跳了起來。

「不過你剛剛真的很拚，我正式向你祝賀。恭喜你獲得第一次贏得勝利，春雪。」

「好……好的。謝謝學姊誇獎，全仰仗學姊的建議。」

「不對，這靠的是你的臨場應變能力。照這個樣子看來，應該很快就可以升上2級了吧，也許今年之內就可以升到3級。」

「哦、哦……老實說，我還不太能想像……」

自己才剛驚險地拿到了一場勝利，聽到今後還得在那麼艱辛的戰鬥中贏得數十場勝利，自然反應不過來。

這時黑雪公主忽然收起微笑，彷彿看穿了春雪心中想法般點了點頭。

「嗯，這條路確實漫長得超乎想像。在推定總人數約有一千名的超頻連線者中，今後還有機會升到第4級的人就已經相當有限；到了5、第6級，單打獨鬥幾乎是不可能升上去的。而到了7、8級，你可以將這些人全都當成是巨大集團的指揮官級人物，沒有一個例外。」

「集、集團？」

『就像其他網路遊戲上也很常見的公會或是隊伍一樣，只是我們這邊是叫做「軍團」……現在的加速世界是由六個巨大軍團分割統治，而率領這些巨大軍團的，就是只有區區六人的9級超頻連線者……也就是冠上藍、紅、黃、綠、紫以及白色稱號的「純色六王」！』

一陣有如刀刃般鋒銳的聲音突然迴盪於腦海中，讓春雪不禁瞪大了眼睛。發現到這股視線的黑雪公主眨了眨眼，露出淡淡的苦笑。

『……不好意思，我太大聲了。』

『不會……可是，就只有六個人？』

超頻連線者人數多達一千人已經讓春雪十分驚訝，而聽到達到9級的人數這麼少，更是讓他只能啞口無言。

『我也玩過很多網路遊戲，但從來沒聽過哪一款遊戲只有少數玩家能達到等級上限。』

春雪悠哉地覺得羨慕，自言自語地說相信那種感覺一定很痛快。一聽到他這麼說，黑雪公主挑起了一邊眉毛搖頭說道：

『我可沒有說9級就是上限了。』

『咦……那、那就是說，還有第10級存在？有幾個人……？』

再次的否定手勢回答了他的這個問題。黑雪公主又啜了一口咖啡，靠得椅背微微發出聲響，視線飄在空中。拉撐的直連傳輸線在兩人之間閃閃發出銀光。

『BRAIN BURST……正式名稱為「Brain Burst 2039」，七年前由一個身分不詳的設計者釋出，而且已經更新過好幾次。然而都已經過了這麼長的時間，卻還是沒有任何一個超頻連線者達到10級。理由只有一個……那就是規則實在太苛了。』

『是要打贏非常多場對戰嗎？例如說要贏一千場……還是一萬場？』

『不，只要五場就夠了。』

說出這個意外答案的嘴唇一瞬間閃過危險的笑容。

『只是對手必須限定在同樣9級的超頻連線者。而跟同屬9級的人對戰時只要輸掉一次，就會瞬間喪失所有點數，強制反安裝BRAIN BURST……』

黑雪公主以暗色的眼眸筆直望向說不出話來的春雪。

『春雪，BRAIN BURST能夠實現「加速思考」這種驚人的現象，七年來卻始終沒有在一般社會中曝光，你不覺得這很不可思議嗎？』

這個突如其來的問題讓春雪覺得困惑，但聽她這麼一說就覺得事情的確有蹊蹺。如果說超頻連線者的人數多達一千人，照理說早就應該有人洩漏出祕密，震驚整個社會。

『這個程式能保密這麼久，原因就在於安裝BRAIN BURST的條件限制非常嚴格。』

『條件……？例如說要很會玩遊戲……是嗎？』

聽到春雪這個問題，黑雪公主以苦笑回答：

『不是這麼模稜兩可的條件。最重要的條件，就是「從出生起就隨時配戴神經連結裝置這種量子連線終端機」。第一世代神經連結裝置是在十五年前上市……這也就表示……』

黑雪公主頓了一頓，慢慢說起接下來的內容：

『超頻連線者中連一個成年人都沒有，最年長也只是個十五歲的小孩子。就因為是小孩子，只要還能當超頻連線者的一天，都會不顧一切地想要保有這種特權；而在強制反安裝之後，不管跟大人怎麼說，大人也不會相信。』

儘管只有一瞬間，但她那美艷的嘴唇上確實閃過了一抹諷刺的笑容。

『同時他們也共同擁有小孩特有的天真幻想。兩年前的夏天……一群年幼的國王幾乎都在同時達到了9級。緊接著，他們透過系統訊息得知了通往10級的殘酷規則。你猜猜看結果他們有沒有展開血腥的火拚？答案是沒有。這群國王選擇的是漫長的停滯。他們最優先選擇的不是前進，而是繼續維持自己的迷你世界。也就是說……他們決定各自派麾下的軍團去分割統治加速世界，簽訂了領土互不侵犯條約。真是夠了，演鬧劇也該有個限度，過去他們自己為了達到9級，明明就曾經痛宰過多不勝數的超頻連線者。』

春雪聞言不禁吞了口口水。他覺得喉嚨乾得發痛，先猛吸了一口已經快要全部溶化的牛奶糖刨冰，之後才戰戰兢兢地送出思念：

『這麼說來，學姊所說的目的，就是要向這些「純色六王」挑戰……？』

聽到春雪這麼說，黑雪公主忽然露出了神祕的笑容。

『不，這我已經試過了。』

『啥……？』

『這六王……其實本來叫做「純色七王」。七名少年少女儘管互為對手，但彼此之間卻有著堅定的情誼。他們之間進行了無數次的對戰，每個人大致上都是輸贏各半，但彼此之間卻沒有產生絲毫的仇恨。直到兩年前「黑王」背叛他們，出手想獵殺他們的那一夜為止。』

黑──王。

也就是說，這個名虛擬角色的名稱前面……冠有BLACK這個字眼……

黑雪公主定睛看著瞪大眼睛，停住呼吸的春雪，緩緩點了點頭說：

『沒錯……就是我。黑王Black Lotus在眾人達到9級之後，獨自對和平協議提出了異議，主張不管是情誼、友情還是敬意都應該全部拋開，賭上七人所有的點數而戰。而當這個說法被駁回──會議的圓桌就突然染上了鮮血。』

『妳……做了……什麼？』

『七個國王最後一次齊聚一堂的那天晚上……只是我們當然並非在現實世界中見面，畢竟超頻連線者都會極力隱瞞自己在現實世界中的長相和姓名。』

春雪本想反問理由，但馬上就猜到了理由。若被其他超頻連線者知道自己的長相或姓名，最糟的情形下甚至有可能「在現實世界中遭到襲擊」。如果被逼到無論如何也得想辦法爭取點數的地步，多半會不惜做出這種事來。

黑雪公主就像看穿了春雪內心想法般輕輕點了點頭，繼續說下去：

『當天晚上的會議，是在七個人都能以對戰者身分連上同一個戰場的「殊死戰」規則下進行。當天晚上我……看準了「紅王」在眼前歌頌友情，提倡和平，因而產生疏忽的空檔……』

黑雪公主那亮麗瀏海下的白嫩臉龐頓時失去情，只映出空虛的眼睛固定在一個點上，斷斷續續地說出接下去發生的事情：

『我砍下了他的頭。那是完美的致命一擊……他一瞬間失去整條計量表，並在新的規則下失去所有點數，也就是失去整個BRAIN BURST程式。現在的紅王是第二代。而之後的情形……著實是個人間煉獄。呵呵，當時正在跟紅王談戀愛的紫王大聲哭喊，青王陷入狂怒；而我則跟他們演出了一場毫無名譽或敬意可言的廝殺。畢竟我早就知道那是第一次，也是最後一次的機會……當時我拚命想要再拿下四個人的首級，不過這終究太勉強了點……』

淡色嘴唇一歪，哼哼笑了兩聲。

『當時什麼理性判斷能力早就已經被我拋到九霄雲外，我只憑著一股瘋狂驅使自己應戰，但之後我再也沒能拿下第二個人，卻也沒有被他們打倒，不知不覺間三十分鐘過去，我們也就離線了——之後整整兩年，我就一直躲著不出面。現在的我是加速世界裡最惡名昭彰的背叛者，也是獎賞最高額的懸賞犯，更是差勁透頂的膽小鬼。』

『為什麼……』

這段內容悽慘的獨白讓春雪的思考陷入半麻痺狀態，只有單純的疑問從意識中解放。

『妳為什麼要這麼做……？』

『因為我心中的第一順位遠比友情或名譽更加重要……那就是升到第10級，甚至可以說我活著就只是為了這個目的——系統訊息是這麼通告的，說只要有超頻連線者升到10級，就可以跟程式設計者見面，得知BRAIN BURST真正的存在意義，以及所要追求的極致目標。我……想要知道，無論如何都想知道。』

黑雪公主兩隻手肘撐在桌上，握緊的雙手遮住了臉，用一種彷彿從無底深淵迴盪出來般的沉重思念對春雪輕聲說道：

『透過加速思考的方式來贏得金錢、成績或名聲，這種事情真的就是我們戰鬥的意義，我們所追求的報酬，就是我們所能達到的極限嗎？難道沒有更……更遠大的目標嗎……？讓我們可以擺脫……人類這個皮囊……更往外側去的……』

啊啊——

儘管只有一點，真的只有一點點，但他確實能體會這種從難以忍受的「地上」仰望遙遠

「天空」的那種感覺。

彷彿連這剎那間的思考也傳輸過去般，黑雪公主輕輕抬起頭來，用露出殷切光輝的雙眼注視著春雪。

但這只維持了一瞬間，美貌的學姊雙手啪噠兩聲往桌上一倒，露出乾澀的笑容低聲說道：

『怎麼樣？是不是覺得聽不下去……還是覺得看不起我？春雪，只要是為了達成自己的目的，也許有一天我連你也會犧牲。如果你覺得沒辦法再幫我了，那也沒有關係，我不會挽留你，也不會奪去你的BRAIN BURST。』

春雪先想了兩秒鐘左右——

戰戰兢兢伸出右手，在離黑雪公主的指尖約有一公分的地方停住，接著說：

『我說呢……不管是什麼樣的遊戲，要是有人放棄去看結局，永遠只在最後關卡前面的地圖晃來晃去，那個人就只是個呆子而已。既然有更高的等級，當然就應該去追求……因為BRAIN BURST就是為了這點才存在的，不是嗎？』

他不是為了討好黑雪公主才編出這段謊言，而是身為一個從懂事以來就開始玩遊戲的基本教義派玩家，春雪是由衷地這麼認為。

黑雪公主一瞬間瞪大了眼睛，過了幾秒鐘後小聲地噗嗤笑了出來。

『呵，啊哈哈……竟然有這種事，看來你已經成了個比我更道地的超頻連線者了啊。原來如此……當然應該去追求，你是這麼想的啊……』

『這……這沒有什麼好笑的？』

春雪覺得有點受傷，噘起了嘴挺直腰桿說下去：

『不、不管怎麼說，所以，我以後也會繼續幫助學姊。畢竟將來有一天，我也希望可以升上去……希望升到10級。』

黑雪公主放在桌上的手突然一動，緊緊抓住了春雪的右手。

『謝謝你。』

春雪嚇得慌了，只覺得黑雪公主的思念化為一道暖流注入自己心中，少了直到剛剛都存在的那種空虛殘響。

『謝謝你，春雪。我果然……我的決定果然沒有錯。我很慶幸自己選上你，打從心底覺得慶幸。』

這種時候應該伸手反握，跟她深情對望——然而春雪終究辦不到這種事情。

取而代之的反應是抽回右手，像隻烏龜般縮起脖子，以萎縮的思考語音口齒不清地說：

『哪、哪裡，這沒什麼……反正我終究派不上什麼大用場……別、別說這個了，我們趕快進入正題，就是……我到底該做什麼才好……？』

這段短暫的沉默中，那對注視著自己的眼睛中浮現出來的，會是憐憫的神色嗎？

沒過多久，黑雪公主悄悄嘆了口氣之後靜靜地說了：

『也對，開場白也說得太長了……進入正題吧。剛剛我不是說自己苟活了兩年左右嗎？』

春雪也重重呼出一口憋了良久的氣，同時抬起頭來對恢復冷靜表情的黑雪公主點點頭。

『我會這麼說，並不表示我這兩年來遇到幾個憤怒的國王或他們派來的刺客挑戰，都還一路打贏。事實並非如此……是我這兩年來不曾將神經連結裝置連上全球網路。只要沒有被登錄在對戰名單上，自然也就沒有人可以對我挑戰，不是嗎？』

『哇咧……真、真的假的？』

春雪忍不住呻吟了一聲。對他來說，從全球網路攝取資訊已經跟喝水還有呼吸空氣一樣，成了一種不可或缺的活動。春雪心想要是被迫停止這樣的活動，自己多半會真的枯死。

『當然是真的。畢竟透過固定面板式的終端機也一樣可以瀏覽網站，只是２Ｄ畫面看多了眼睛會累而已，習慣了就沒什麼……不過呢，就算可以擋開全球網路，由於我的社會性身分，還是有個網路是我每天都非得連上不可的。』

『身、身分……？就是說千金小姐……不對，是公主？』

『笨蛋。』

被她用冰冷的語氣反駁，春雪這才想到眼前這個人也和自己一樣還是國中生。

『啊、啊啊……這樣啊，妳說的是梅鄉國中的校內區域網路對吧……咦……這，請、請等一下，難道說……』

『你猜對了。』

黑雪公主一口喝完咖啡，捏皺了紙杯。

『就在兩個月前，暑假剛結束的那一天，有人在校內透過區域網路對我提出了「挑戰」，是一個同樣就讀梅鄉國中的人。』

春雪聽得啞口無言，而接下去的話更讓他驚得呆了。

『而真正糟糕的是……當時我把原本的對戰虛擬角色，換成了觀戰用的偽裝虛擬角色。』

『偽裝……還有這種功能啊？』

『嗯，畢竟常常會碰到讓人想要隱藏真實身分觀戰的情形啊。只是偽裝虛擬角色當然完全沒有戰鬥能力，但問題並非出在這裡……現在想來，當時的我真是粗心到了極點，竟然直接拿校內區域網路用的虛擬角色來當偽裝虛擬角色。因為我實在沒有料到同一個學校裡會突然出現超頻連線者……』

困惑了一瞬間之後，春雪忽然撞響了椅子跳著站起。

『咦……學姊說的是那個黑鳳蝶造型……』

顯示於腦中的妖豔虛擬角色，跟眼前穿著制服的清純身影完美地疊合在一起。

『那個造型被敵人看到了……而且是在校內網路裡……？這……也就是說……』

『你腦筋動得很快啊。沒錯，他們已經知道……』

黑雪公主將杯子丟到托盤上，右手用力按住胸口。

『知道現實世界中的這個我，就是「Black Lotus」。我犯了超頻連線者最大的禁忌「現實身分曝光」。我怕的就是六王派來的刺客在現實世界中襲擊我。』

在現實世界中……襲擊。

春雪已經能夠推測到這句話的含意有多麼可怕。只要能查出超頻連線者在現實世界中的身分，說得極端點，要將人綁走並加以監禁，以暴力威脅對方吐出所有點數，也並非不可能。

當然這樣會構成重罪，然而就連「一般的遊戲」都多少會有玩家間的爭執演變成現實世界中殺傷事件的情形，更別說「BRAIN BURST」並不是一般的遊戲。

春雪聽得停住呼吸，等黑雪公主繼續說明下去。然而……

『可是……什麼都沒發生。別說是襲擊，甚至連想跟我接觸的跡象都沒有。』

『咦……？』

『我自己也非常納悶……這麼一來，可以想見的可能性就只有一種。這個敵人……想要獨吞。對方慶幸查出了我的現實身分，想要把受到高額懸賞的我逼到無路可逃的地步，不通知自己的所屬軍團，想要自己把我的所有點數搶光。』

『逼到無路可逃的地步……？』

黑雪公主朝著歪著頭思索的春雪白了一眼，先咳了一聲才自暴自棄般的開始列舉：

『舉凡上廁所、換衣服、洗澡。就算待在學校裡，精神上不設防的時間仍然多不勝數。要是被對方挑準了這些時候挑戰，實在沒辦法以萬全的態勢迎戰。』

『洗澡……哇，這！』

春雪忍不住想像起每一個場面，連說話嗓子都開始破音，結果換來了黑雪公主冰冷的一瞥。但所幸她並沒有繼續追究，以夾帶嘆息的語氣繼續說下去：

『事實上，這兩個月來我已經被一個人攻擊達到十次以上。只是目前他還沒有專挑太露骨的時機攻擊，所以還能勉強拖到平手了事。』

『原……原來如此。該怎麼說呢，這傢伙還真貪心啊……不過換個角度來看，似乎也可以說是不幸中的大幸……』

『比起在現實世界中被人攻擊當然是好得多了。不過既然事情演變成這樣，我也就不能換回本來的對戰虛擬角色去打倒這傢伙。因為要是讓對方覺得自己打不贏，也許這個人就會放棄我的點數，只拿各個國王懸賞的點數就作罷……』

『啊、嗯……對喔……嗯——』

春雪不由得沉吟起來，她現在的處境著實就是四面楚歌。

『那、可是現在到底該怎麼辦才好？跑又跑不掉，又不能幹掉對方。』

『想也知道，突破的方法只有一個，那就是我們也要挖出對方在現實世界中的身分，找出這個我不認識的超頻連線者到底是幾年幾班的人。』

春雪聽了就想在膝蓋上猛拍一記。只要能讓狀況演變成雙方互相掌握對方的身分，為了保住彼此的BRAIN BURST，自然就非得停戰不可。

『對喔，說得也是。只要能做到這點，就可以完全封住對方的行動。不過話說回來……這應該挺簡單的吧？例如說找個朝會之類全校學生都會聚集到講堂的時候，發動加速向對方挑戰就行了。從對方出現的位置，就可以推出班級跟座號了。』

『嗯，了不起，我當初可花了整整一天才想到這招。』

『這麼說也就表示……學姊已經試過了？』

『當然，但結果……卻讓我目瞪口呆。我可很久沒有那麼驚訝過了。』

『到……到底是誰……？』

『沒有人。』

黑雪公主說出了春雪根本沒有料到的答案。

『對戰名單上只有我的名字。你聽清楚了，梅鄉國中的學生只要待在校內，就有義務要連上區域網路，哪怕只斷線一瞬間都不行，我想這點你也知道，畢竟點名跟上課都是透過網路來進行的。要是有人想要離線，校方馬上就會以全校廣播的方式警告。也就是因為這樣，我才沒有辦法截斷對方攻擊的路徑。可是……對方卻沒有出現在對戰名單上！』

『會、會不會是感冒請假之類的？』

黑雪公主先白了他一眼，輕輕哼了一聲說道：

『我已經在全校學生有來上學的日子，查過那天缺席的人了。不但這一天也沒找到，甚至就連我受到襲擊，好不容易拖到平手、結束對戰後，對方的名字都沒有出現在名單上。這也就是說……說來很難讓人相信，但對方就是有辦法可以擋開挑戰。而且想何時挑戰也任由他決定，但其他超頻連線者卻完全沒辦法插手。這可是從最根本的環節上顛覆整個加速世界大原則的驚人特權，能做到這種事的……不是本領極為高超，足以破解BRAIN BURST程式完美防護的駭客，就是——跟程式設計者本人有所接觸的人了……』

黑雪公主開頭就先說過，去見設計者、了解BRAIN BURST的「意義」，就是她活下去的唯一目的。那麼找出這個神祕敵手的真面目，對她來說多半意義重大，絕非單純只為保身。

春雪體察到這一點，感覺胸口莫名地隱隱作痛，輕聲說道：

『也就是說……學姊說想要我做的事……就是幫忙查出這個敵人的真實身分吧？』

而不是擔任從惡魔手下保護公主的騎士。

不……想也知道當然會這樣，不要胡思亂想。自己只是負責追趕野獸的獵犬，再不然就是負責從土裡嗅出香菇在哪的豬罷了。

『嗯……差不多就是這麼回事。』

黑雪公主看似沒有發現春雪剎那之間的天人交戰，微微點了點頭：

『其實我已經掌握了相當多的情報，如果要列舉我現在已經知道的事情……首先是敵人的名字，對戰虛擬角色叫做「Cyan Pile」，等級是4級。』

『Cyan……Pile……』

這名字相當——帥氣，而且聽起來就很強悍。不，黑雪公主也說過4級是第一個門檻，也就是說這個人確實很強悍。

『屬性是無限接近純藍的「近戰的藍色」，畢竟我已經看過好幾次對方用拳頭就打穿了場地中比較薄的牆壁。相對的，對方似乎沒有遠程攻擊，所以我才能一直躲到今天，只是……老實說我的集中力已經快要撐不下去了。』

說的也是。從上學到放學為止，任何一瞬間都有可能被對方攻擊，要是處在這樣的狀況下，春雪大概忍不了三天。然而黑雪公主卻以看不出絲毫疲勞陰影的明確意志說了下去：

『而且，雖然這只是我的推測……但是我覺得不只是我，對方似乎也已經被逼得沒有退路了。我有這種感覺。』

『咦……被什麼逼得沒有退路？』

『被失去加速的恐怖所逼。對方多半已經瀕臨超頻點數枯竭的危機，因為點數還夠用的人，一般來說都會把對戰純粹當成遊戲來享受，就像跟你打過的Ash Roller那樣。』

『嗯、嗯……那小子的確玩得很開心……』

『但我從Cyan Pile身上卻絲毫感覺不到這種閒情逸致。這個人完全不說話、不顧一切，幾乎是瘋狂地追殺我，那是害怕喪失加速的超頻連線者才會有的情形。畢竟這個人光拿各個國王對我懸賞的小額點數還嫌不夠，想搶走我累積的所有點數……只知道這點也沒什麼用……』

『說的……也是，我們總不能叫全校學生去接受心理測驗。學姊妳說的已知情報就只有這些嗎？』

春雪問這個問題的時候並沒有想太多。然而——黑雪公主的思考卻突然微微僵住，至少他是這麼覺得。春雪覺得奇怪，但還沒問出心中的疑問，黑雪公主就搖了搖頭說：

『不，還有一個重大的情報來源……那就是導向游標。』

『咦？學姊是說那個藍色的箭頭？』

『沒錯，那個箭頭從對戰一開始，就會一直指出敵人所在的方向。也就是說……就算看不到Cyan Pile現身的那一瞬間，只要事先記錄好對戰開始時的游標方向，就可以知道敵人的血肉之軀存在於這直線軌道之上……照理說是這樣。』

『啊……啊——對喔，說得也是。對戰場地會保留現實世界中的地形，所以靠箭頭就至少可以知道對方躲在校舍的哪個方向！』

『你說得沒錯。過去十幾次遭到攻擊時，我每次都有先記錄導向游標的方向，列出現實世界裡位在這個方向上的梅鄉國中學生名單，抽出重複出現的人名，最後得到一個推測的結論，找出了一個極有可能就是Cyan Pile的學生。可是這絕對算不上確切的證據，因為在學校這種人口高度密集的地方，只有一條直線終究不夠，畢竟同一條軌道上隨時都會有多達數十人在……春雪，我要你做的事，就是以自動觀戰的方式觀察對方下次攻擊我的情形，記錄好顯示Cyan Pile所在的導向游標方向。』

『游標有兩個……的話……』

對面還一臉茫然的春雪，黑雪公主以仍然顯得僵硬的表情點了點頭。

『沒錯，只要有兩個游標，就可以將座標範圍篩選到只剩兩條直線交叉的那一點上。而那個位置要是有學生在……那就再也錯不了，這個人肯定就是Cyan Pile。』

黑雪公主用力咬緊嘴唇，迅速地用右手食指在空中比劃了幾下，操作只有她看得見的虛擬桌面。她叫出了一個檔案，正要朝春雪刷過去——手指的動作卻忽然停住。

『……怎麼了？學姊妳說的候補是誰？』

春雪探出身子追問，由於興趣已被激起，儘管才剛喝乾大杯刨冰，喉嚨卻乾得猛吞口水。

黑雪公主仍然顯得躊躇，但不久就像在辯解般嘟囔了幾句，同時用手指將檔案彈給春雪。

『我先說清楚……我準備好這個檔案的時間，比我千方百計尋求梅鄉國中裡第三位有加速資質的人時，也就是從那個遊戲區裡找出你的時候，還要早了一個禮拜。』

春雪不知道她為什麼要先解釋這個，皺著眉頭收下了檔案。接著毫不猶豫地動起手指，敲了敲顯示於虛擬桌面上的圖示。

開啟的檔案是一個圖檔。多半是從學生名簿上抓來的，上面顯示著一張大頭照。

『咦……奇怪……為……什麼？』

一頭剪齊得極為俐落的短髮，還別著藍色髮夾，再加上有點像貓眼的大眼睛。

這已非眼熟兩字可以形容，上面顯示的，是一張全世界除了母親以外他看得最久的臉。

『千……千百合？她會是……超頻連線者……』

春雪喃喃自語地發呆發了整整五秒後，才一臉驚訝的模樣抬起頭來面對黑雪公主。

『不對……這不可能！她玩遊戲這種東西的技術爛到不能再爛，而且不管哪一類的遊戲都一樣很不會玩……她不可能會有當超頻連線者的資質，畢竟她那麼笨手笨腳……而且有什麼想法都會馬上表現在臉上……該怎麼說呢，她不是那種會死纏著學姊找機會攻擊的人。』

『你對她可真了解。』

黑雪公主沒有正視春雪，以稍稍增加了硬度的聲音說出了這句話。

『這是因為……我們總算是從小就認識……』

『剛剛她在校門主動跑來接觸的時候，我心裡也嚇了一跳。因為如果她就是「Cyan Pile」，當然應該知道我就是「Black Lotus」。當時我還以為她是有什麼計謀……』

『這……我剛剛也說過，她沒有聰明到可以跟人耍心機。更重要的是她這個人非常老實，一想到什麼事情，馬上都會全部表現在表情還有態度上。』

不知道為何，黑雪公主越聽春雪抗辯，雙眉挑得越高，聽完後還以更冰冷的嗓音答道：

『如果真是如此，那我會認為她就是「Cyan Pile」，不也是合情合理嗎？相信你也看到了，她……倉嶋對我有著明確的敵意。』

『不，那是因為，那不是這麼回事，是因為我，這個，跟學姊直連的關係……』

『為什麼她要為這件事這麼生氣？你不是說倉嶋已經有了正式交往的男朋友嗎？那麼不管我跟春雪直連還是勾手，照理說都輪不到她來干涉。』

『這……這個……話是這麼說沒錯啦……』

春雪頭痛地想著為什麼會演變成這種談話，吞吞吐吐地說不出話來。千百合確實有拓武這個無從挑剔的男朋友，但是不說這個，我跟她——該怎麼說呢——我是她的——

手下？持有物？既得占有物件？

幾個讓春雪不太想說出口的字眼從腦中竄過，正當他煩惱著該怎麼解釋這種微妙的關係時，就挨了黑雪公主毫不留情的追擊：

『說穿了她的那種態度不就是這麼回事嗎？倉嶋從以前就是超頻連線者，本來打算有一天要收你當「下輩」，結果被我從旁搶去，所以才會怒不可遏跑來找我麻煩。怎麼樣？』

春雪完全不懂黑雪公主基於什麼樣的心理狀態，才會用小孩子鬧彆扭般的口氣說出這段看似合情合理，實際上卻是強詞奪理的推理。方寸大亂之下，不知不覺間一段話已經脫口而出：

『我……我明白了！那我直接去找她弄個清楚！』

『哦？』

黑雪公主挑起一邊眉毛，發出頑抗的聲音：

『可是具體來說你要怎麼做？總不能當面問她說妳是不是超頻連線者，這點相信你應該已經了解了。只是話說回來，對能夠自由阻隔挑戰的「Cyan Pile」，在現實世界中看著對手的同時進行加速來挑戰的手法可是行不通的。而且真要說起來，就是因為找不到可以主動查清楚的方法，這些日子以來我才會這麼辛苦啊。你這樣臨時起意就隨口亂說，只會增加我的困擾。』

『我、我才不是臨時起意！』

春雪阻止不了言語刺激之下的脊椎反射回應，嘛起嘴頂了回去：

『那好，我就去跟她直連。就算對戰被擋，只要在直連狀態下去查看她神經連結裝置的記憶領域，至少應該可以弄清楚她有沒有安裝BRAIN BURST程式。這樣學姊就滿意了吧？』

5

——為什麼？為什麼會這樣？

春雪垂頭喪氣，在黃昏的人行道上踩著沉重的腳步踏上歸途，腦子裡一次又一次地重播這兩句話。

為什麼會演變成這樣？

我明明只求能當上黑雪公主學姊忠實的棋子，為什麼會搞得像是在吵架一樣，而且還衝出店門跑回家？

春雪痛切地祈求上天能夠把時間倒轉三十分鐘，但這點就連幾乎可以凍結現實世界時間的BRAIN BURST也辦不到。

當然話說回來，就算真的可以像玩冒險遊戲一樣用讀取進度的方法回到當時的場面，自己是不是能夠接受千百合＝「Cyan Pile」的說法呢？老實說他還是覺得很困難。不管春雪怎麼想，總是不認為千百合會是超頻連線者，而且還長期瞞著自己。

不——也許不是不認為，而是不想這麼認為？

老實說，他沒有任何客觀的可靠證據。姑且不論小時候，這一、兩年來他甚至沒跟千百合有過任何一次長時間的談話。雖然沒有黑雪公主那麼誇張，但千百合也是個女生，光從這一點來看，她就已經是個夠讓春雪捉摸不定的存在了。

而且真要說起來，他甚至提得出事證來證明千百合會對自己有所隱瞞。春雪明明對她千拜託萬拜託，但千百合還是去找拓武商量了春雪遭人欺負的事，而且還一直瞞著他。

仔細想想，在提出跟她直連這種可怕的要求之前，至少也應該先對打翻三明治的那件事道歉才行。而想要道歉，就得先接受千百合跟拓武已經針對春雪的事千方百計商量過的事實。

光是要踏出這一步，隨隨便便都得用上一個禮拜，而且他根本就不想去想這件事。那麼要乾脆放棄，別去找她弄清楚嗎？可是一旦放棄，就得接受千百合＝「Cyan Pile」的說法。

我到底想怎樣啊？我跟千百合、拓武，還有黑雪公主，到底想維持怎樣的關係？

春雪被管不住的思緒弄得大腦負荷過度而燒焦冒煙之餘，已經踩著沉重的腳步走進了自己住的公寓大樓入口。

眼睛往顯示於視野角落的時間一瞥。下午五點半。

千百合已經放學，但是拓武應該還留在劍道社練習，所以他們兩個應該不會在其中一方的家裡用私人連線聊天。

一直到警告聲響起為止，春雪都在電梯包廂裡煩惱不已。

接著他按下了自己家所在的二十三樓按鈕。

當電梯上升到一半，才又按了下兩層樓的按鈕。

「唉呀，小春，怎麼那麼久沒看到你啦！」

門才剛打開就看到千百合的母親滿臉笑容地大聲招呼，春雪則含糊地說了句好久不見。

「唉呀，你都長這麼高了，你現在幾歲啦？啊、不對，當然是十三歲了，畢竟你跟小百同年嘛。上了國中以後你都不到我們家來玩，伯母好寂寞呢。今天你應該可以多坐一會兒吧？吃過晚飯再走嘛。最近我們家小百都只吃那麼一點點，這樣燒菜的人多不來勁啊。對了，今天我正好想煮小春你最愛吃的咖哩，我會煮很多，你儘管多吃幾碗喔。小百也會很高興的，最近她一直很不高興，說小春你不來家裡玩。」

一道從走廊上傳來的尖銳話聲，打斷了千百合的母親這段彷彿不會結束的閒話家常。

「媽媽！」

回過頭一看，就看到千百合從客廳探出頭，以烈火般的怒容瞪了過來。

「不用扯這些沒相干的！」

「好好好，叛逆期真是讓人傷腦筋呢。小春，你要多坐一會兒喔。」

春雪目送千百合媽媽笑嘻嘻地揮著手，從位於走廊中間的一扇門躲進廚房，之後臉上重新擠出僵硬的笑容。

「……嗨、嗨。」

「……」

千百合只用白眼一瞥，用她小小的下巴往上一指，意思是「進來坐啊？」接著就消失到客廳裡。春雪呼的一聲呼出憋了良久的氣，脫好鞋子之後小聲說了句：

「……打擾了。」

以前——一直到讀國小三、四年級為止，他進這個家時都是說「我回來了」。當他在外頭跟千百合還有拓武一起玩到天黑，玩得滿身大汗時，都會先回到倉嶋家。接著先去洗澡，在這裡吃過晚餐，甚至會等看完電視才回到兩層樓上自己那空無一人的家。對於當時已經在學校遭人欺負的春雪來說，只有這傍晚的片刻是他唯一覺得快樂的時間。

但這也在兩年前結束了。

早在拓武對千百合表白，千百合找春雪商量要不要接受的那個時候，就已經結束了。

玄關口木質墊高地板上的拖鞋鞋櫃裡，還留著給春雪用的那雙有藍色小熊圖案的拖鞋。春雪穿上這雙已經褪色的拖鞋，戰戰兢兢地打開客廳的門，但裡頭卻沒有看到千百合的身影。

他用制服褲子擦了擦冒汗的手掌，經過已經熟門熟路的隔間，走到最裡面的千百合房間門前輕輕敲了敲門。

「請進……」

隔了一會兒，房裡傳回了這句簡短的回應。春雪吞了吞口水，才轉動了門把。

兩年沒進千百合的房間，裡頭的裝潢跟記憶中的景象並沒有太大的差別。書桌跟床以黑白兩色為基調，窗簾也是單色系，跟春雪的房間很像。

但也有些部分有了改變。首先就是聞得到一種很香的氣味，還有就是一臉不悅神情坐在床邊的千百合身上所穿的服裝。

她當然已經換下了制服。可是讀國小的時候千百合老是做男性化的打扮，現在竟然穿著蓬鬆的白色針織毛衣，搭著一件裙襬飄逸的粉紅色裙子。

說來也是啦……畢竟她也會跟拓武約會啊……就在春雪腦子裡茫然地轉著這些念頭時，卻被出其不意地來了一記先發制人的攻擊：

「我昨天CALL你很多次了。」

「咦……」

被她這麼由下往上一瞪，春雪搞不清楚狀況地咦了一聲。

昨天——對喔，自己從千百合跟拓武面前跑走之後，就再也沒有跟他們聯絡了。哇，在談三明治事件之前，不是該先為這件事道歉嗎？

「啊、嗯，不好意思……我昨天一直沒把神經連結裝置連上線……」

「讓我送個郵件又不會怎麼樣，害我昨天晚上好晚才睡。」

「抱……抱歉……」

春雪對鼓起臉頰的千百合道歉，內心自言自語地說：果然應該不是她。怎麼想都覺得這種事情不可能。竟然說她是超頻連線者「Cyan Pile」，而且還是已經升到4級的強者，甚至還說她是超強的駭客，成功地竄改了從來沒有人成功過的BRAIN BURST程式！

但是話說回來，要得出確切證據證明事情不是這樣，卻一點都不簡單。唯一的手段就是照他先前對黑雪公主所做的宣言，讓兩人的神經連結裝置直連，進而搜尋記憶領域，但在這種狀況下，又怎麼能求她這種事情呢？

不對——等一下等一下。

腦中突然閃過靈感，春雪立刻死命抓住。

不就是這種狀況下才能求她嗎？雖然對千百合很不好意思——不，我並不是要騙她。我是要誠心誠意向她道歉，只是順便看一下記憶領域……

「我、我、我我我說啊，千千、千百合！」

這不是演戲，而是真的緊張到劇烈口吃，但春雪還是喊了出來。

「怎……怎樣啦？」

「這個……我、我，有很多事……像是三明治那件事、還有在校門那次，我、我是來跟妳道歉的。可、可是這個，我、這種事情我實在不太會用自己的嘴說，所以……讓我跟妳直、直、直連一下。」

千百合驚訝得張大了嘴，看著春雪那並非出於演技，而是真的冒出冷汗的額頭。濃密的眉毛角度從驚訝區通過訝異的領域，繼續不斷攀升。

正當春雪心想這太唐突的要求果然行不通，等著挨罵的時候，這個從小就認識的朋友臉上卻露出了異樣的挑釁神色。那種表情——以前千百合跟男生打架的時候，就常常露出這種表情。是一種在臉上寫明了有本事你儘管試試看的表情。

「……你有帶線來嗎？」

突然被她用僵硬的聲調這麼一問，春雪心想糟糕，但也只能搖搖頭。

「啊……我、我沒帶。」

「哼？話先說在前頭，我可只有這條。」

千百合彎腰打開床下的抽屜，拿出來的是一條只有三十公分左右的米白色ＸＳＢ傳輸線。

「好、好短！妳……妳平常都是用這條線跟阿拓……？」

忍不住這麼一問，就立即被罵了回來：

「你、你白癡啊！小拓他有一條一公尺長的線。這條是買神經連結裝置的時候附送，讓人拿來跟ＰＣ連線用的！」

「啊……嗯……」

超高速傳輸規格ＸＳＢ（Extra Serial Bus）所用的傳輸線必須具備高度的電磁遮蔽水準，線材品質要求很高，所以各種器材都一律附贈短的傳輸線。只是再怎麼說，三十公分也未免短得太離譜，這家廠商可真夠小氣。

春雪腦子裡還轉著這些逃避現實的念頭，千百合已經把只有貓尾巴長短的傳輸線隨手扔了過來，輕輕哼了一聲，纖細的身體躺到床上去。

「想連就來連啊。」

說完就閉上眼睛，撇開了臉。

「我、我說啊……我是想說，如果妳不介意，可以請妳坐在椅子上背對我嗎……」

千百合沒有回答。她整個人在床上躺成大字形，看樣子她無論如何都不想動。

春雪認真考慮是不是該跑掉算了，但今天自己已經在黑雪公主面前大放厥詞，要是現在又跑掉，事態將會演變得再也無法挽回。

「……那、那我……」

春雪下定決心，悄悄走近千百合躺著的床上，脫下了拖鞋。

接著輕～輕地將一隻腳的膝蓋放到灰白兩色條紋的床單上。看似堅固的鐵管床架承受超出平常好幾倍的重量，立刻發出彎折聲抗議。

春雪用爬行的方式接近到距離千百合右方約七十公分的位置後，先將傳輸線插頭接上自己神經連結裝置右後方的外部插孔。

隨後以不自然的角度側著頭，將抓起的另一邊插頭盡量拉到最長。然而不管怎麼拉，距離閉著眼睛躺在床上的千百合脖子上的神經連結插孔，卻總是差了足足一光年之遠。

噁啊啊啊，糟糕，應該從左邊接近才對的。該先退下床，重新來過一次嗎？可是心理上實在撐不住這一連串的過程。但要從千百合身上橫跨過去，他更是沒有這個膽。

春雪已經有九成陷入恐慌狀態，以非常不平衡的姿勢只傾斜著上半身，勉強讓彼此的脖子湊近。千百合身上傳來一陣牛奶般的甜香，讓春雪的平衡感變得越來越不可靠——

緊接著左膝一滑，就在他龐大的身體即將壓扁千百合纖細身軀之際，伸出去的左手驚險地趕上，阻止了身體的落下。

但狀況仍然處在危機邊緣。左膝頂在千百合伸直的雙腿之間，左手則撐在千百合右臉頰旁邊，驚險地支撐住身體。唔哦哦哦哦啊啊啊啊這狀況是怎樣啦啦啦啦？就在恐慌計量表的指針突破紅色警戒區，即將破表之際，千百合那離他只有十公分的眼瞼卻突然睜開。

春雪看不出她那對咖啡色的大眼睛裡表露出來的是什麼情緒。當然帶點憤怒跟煩躁，但這些情緒看起來不像是針對現在春雪不要臉的所作所為，反而比較像隱忍許久的情緒——

春雪不敢再跟她四目交會，趕緊驅使右手將插頭插到千百合的脖子上。視野中出現的有線

連接警告訊息一瞬間遮住了千百合的臉。

——這段緩刑時間只有短短一秒左右，但總算還是讓春雪成功地恢復了理智。

他眨了幾次眼睛，將視線從千百合的眼睛上移開，固定在從白色針織毛衣領口露出來的纖細鎖骨上。

『我說呢……我……我來是因為覺得得為前天的事情向妳道歉。』

以思考發聲說出的這幾句話在兩人的聽覺中響起。他的語氣雖然生硬，但並沒有口吃。

『該怎麼說呢，妳那麼費心為我做了便當，卻被我打翻了……真的，很對不起。』

在這麼真心道歉的同時——

春雪動了一下千百合視野外的右手指尖，開啟儲存裝置的圖示。

有一半重疊在現實世界中千百合臉上的視窗上，除了一個資料夾顯示著自己神經連結裝置的物理記憶領域，旁邊還另有一個資料夾標明了千百合的ＩＤ。

光在這個階段，幾乎就可以認為千百合＝「Cyan Pile」的可能性是微乎其微。不然千百合理應知道春雪就是黑雪公主的手下「Silver Crow」，應該不會允許他直連。

還是說——她會特地躺到床上去其實是一種策略，為的是讓春雪知難而退，放棄直連？不知道現在千百合內心是不是驚慌不已？

對認識十年的兒時玩伴疑神疑鬼，這樣的自己固然讓春雪覺得無地自容，但還是悄悄將游標對到了千百合神經連結裝置的物理記憶資料夾上。

『可是……可是，我，其實有點受到打擊。』

不知道是不是為了掩蓋內疚，這些話從思考中泉湧而出。

『一想到千百合跟阿拓，這個……在商量那些傢伙的事情，我就覺得坐立不安……我也知道你們是為了我好才這麼費心思……可是我……』

——我唯獨不希望千百合跟阿拓憐憫我。正因為我們是朋友——我才更希望至少在我們三個人之間可以平等相處。

儘管多半已經太遲了。

春雪將力道灌注到指頭上，朝資料夾一點。

就在一個不同顏色的半透明視窗應聲開啟的同時，大腦跟耳朵兩邊同時傳來了千百合說話的聲音：

『小春……你誤會了啦。』

看樣子笨手笨腳的千百合至今還學不會思考發聲。她動著近在春雪面前的櫻桃小嘴繼續說下去：

『我，什麼都沒跟小拓說。我怎麼可能說呢？畢竟我們已經講好不說了。小拓會知道三明治的事，只是因為上次我去看劍道比賽的時候，有講過下次幫小春也做一份。』

『咦……』

春雪不禁將想要查看視窗的視線，對到千百合的眼睛上。倔強的眼角忽然放鬆了力道，像是在懷念過往般垂下睫毛。

『……小春你……已經不知道幾年沒有像這樣說這麼多自己的事情了。』

千百合從啞口無言的春雪臉上撇開視線，小聲地說下去：

『我也……我也很狡猾，也很卑鄙。小春你……長久以來，真的好久好久，你日子一直過得這麼慘，我卻只裝作沒看到。要是我真的有心，明明應該有很多地方可以幫上你一把才對，像是跟老師報告，還是投書到教育委員會，而且我真的應該拜託小拓去把那些傢伙全都狠狠教訓一頓才對。可是我就是做不到……我怕被小春你罵，怕被你討厭……怕我們之間的關係會變了樣。』

春雪屏住呼吸，只見沿著線條清晰的單眼皮生長的長睫毛上，淚水漸漸匯集成淚珠。儘管打翻三明治惹哭千百合還只是兩天前的事情，而且過去也曾經多次爭吵而弄哭彼此，但他覺得現在所看到的眼淚完全不同於以往。

『可是，小春你也很狡猾。』

千百合緊緊閉上眼睛，顫抖著繼續嚅唇說：

『你明明就說我們永遠永遠也不會改變，說我們永遠是朋友……兩年前……我找你商量小拓的事那時候……小春你就說過要是我拒絕，小拓就再也不會跟我們一起玩了。可是，小春你明明跟我約好了，說就算我跟小拓交往，你也一樣會一直當我們的朋友。我……我只希望什麼都不要改變。希望我們三個人可以一直在一起……』

——我還不是一樣。

春雪在千均一髮之際，才沒讓這個念頭以思考發聲脫口而出。

但這句話彷彿已被她聽到，只見千百合猛然睜開眼睛，甩開了淚滴，正面注視著春雪：

『可是……為什麼？為什麼事到如今，你卻去拜託那種人？你要我什麼都別做，自己卻去對那種人卑躬屈膝，請她拯救你？你太狡猾了啦……我好不甘心，我煩惱了這麼多年……可是那個人……那個人卻只花了一天就什麼都解決掉……然後，還把小春你當成……簡直當成自己的東西一樣……』

那個人——黑雪公主。

在意料之外的時機聽到千百合提到她，讓春雪幾乎完全忘記要去查看千百合的記憶，就像痙攣般的猛搖頭。

『不……不是這樣啦，我沒有拜託她……只是因為學姊是學生會的副會長，才幫忙解決了有人欺負我的事……』

『如果是這樣，那個人為什麼會把小春當成自己的寵物一樣到處拉著你跑？為什麼小春會在那個人身後像個嘍囉般的卑躬屈膝？』

『不對……事情不是妳說的這樣！』

春雪又一次猛搖頭，但卻嚐到了一種想問清楚自己到底想怎樣的心情。

先前聽到黑雪公主說千百合是「Cyan Pile」時，自己就頑固地反駁；現在聽到千百合責怪黑雪公主時又拚命否定。事態簡直就像被果汁機攪拌過的拼圖般，已經不知道該從何收拾。

春雪放低了聲調，但仍然重複了一次：

『不是妳想的那樣。因為我，我其實……不討厭那樣……』

『可是我很討厭！』

接著立刻就聽到千百合以幾乎連房外都聽得到的音量大喊出來：

『小春你上了國中後就對我愛理不理，完全不肯跟我一起回家，而且每次我在學校裡找你說話，你都一臉嫌麻煩的樣子，連我們家你也不來了。國小的時候你明明就不會這樣。』

『這……有什麼辦法呢？妳已經有……有男朋友了。』

『明明就是小春你叫我跟他交往的！明明就是小春你說只要我這麼做，我、小春還有小拓就可以一直跟以前一樣不是嗎！那是騙我的嗎？』

『我才沒有騙妳！我是沒有騙妳……可是我們又怎麼可能永遠都當個小學生！』

春雪的手緊緊抓住千百合臉頰兩邊的床單，跟著大喊出來：

『以前我也不會在乎啊！不管是跟妳和阿拓一起走，還是一起走進漢堡店，我根本都不在乎！可是……我已經受不了了，我很難受！阿拓越來越帥，妳也算是挺……挺可愛的，可是走在你們旁邊的我卻是這副德行！跟你們在一起，只會讓我恨不得挖個地洞鑽進去！』

他從來沒有對千百合──不，對任何人都不例外，他從來就沒有這麼直接地說出自己的自卑感。雖然明知往後會後悔得要死，但春雪就是沒有辦法阻止這些念頭。

同樣的事情若想用嘴巴說出來，多半會因口吃而說不出來。但是現在是用直連方式進行思考發聲，讓春雪的思緒化為洪流，往千百合腦中直撲而去。

『妳還不是一樣？妳敢跟阿拓牽著手走在路上，可是跟我就不行了吧！這也就表示是妳自己選了阿拓！這跟我說過什麼根本就沒有關係！』

千百合就在比春雪低了二十公分的地方瞪大了眼睛，聽著他的獨白聽得愣住了。

而她那色素偏淡的眼睛又再度蒙上了一層水做的薄紗。

臉孔也扭成一團，劇烈顫抖的嘴唇裡吐露出小小的聲音說：

『你真的這麼覺得？你真的相信一個人的價值決定於外表……小春每次都這樣，每次都像這樣認定自己低人一等。你為什麼就這麼討厭自己？為什麼就非得這麼自我虐待不可？』

『我當然……討厭了。』

春雪回答的嗓音像是在哀嚎。

『如果我不是我自己而是其他人，我也絕對會討厭我這種人。又胖、又整天流汗、又卑躬屈膝……明明連一個讓人喜歡的優點就找不出來。別說相處了……連看到都覺得討厭。』

『哪有？我知道小春有很多優點，而且我跟你講，你的優點明明就多得用兩隻手的手指都數不完！』

千百合就像孩提時代一樣擺出噘起下巴的姿勢，繼續說下去：

『每次吃點心時你都會把比較大的一份讓給我；我掛在書包上的玩偶弄丟的時候，你也一個人幫我找到天黑；神經連結裝置出問題的時候，你也會馬上幫我修；你有很多很多其他人都沒有的優點。外表根本就不重要，如果……如果兩年前那個時候，是小春你對我……』

千百合露出好不容易吞下一句話不說的模樣，悲傷地微微一笑：

『……對不起，我不能說這種話的，對吧？我……我最怕的就是小春不只躲著學校裡的同學，甚至對我跟小拓也都越離越遠。我不希望你一個人孤伶伶的，我希望你覺得你身邊隨時有兩個好朋友陪著，所以我才會乖乖聽小春的話。』

春雪覺得喉頭深處傳來一陣劇烈的絞痛，好不容易才擠出想法說道：

『妳該不會是為了我……為了讓我跟阿拓可以繼續當朋友，才會……？』

『因為小春跟小拓玩鬧的時候最開心了，而看著你們兩個這樣玩鬧，就是我最開心的時候。我一心只想著不希望這種時間結束。可是……這終究是痴人說夢，這世上沒有什麼東西不會改變，人的心意也是擋不住的。』

千百合忽然抬起雙手，圈住春雪龐大的身體用力收緊。

接著從極近距離對驚訝得全身僵住的春雪，投以泛著淚光的笑容。

『你已經去到一個我伸手也碰不到的地方了，對吧？老實說，剛剛在校門看到小春跟黑雪公主的時候，我就有想到說……也許這個工作已經歸她所有了。這讓我好不甘心，因為我一直相信自己對小春的了解比她多出不知道多少倍。可是……如果她有能力改變小春……』

處在困惑的漩渦正中央，春雪只能默默聽著千百合說下去。她緊緊挨著自己的身體，就跟遙遠的孩提時代一樣嬌小，一樣溫暖。

『不過……算我求你，不要擺出那種態度，這樣簡直像個跟班。既然都是要跟她在一起，你就應該當上她的男朋友，然後讓全校學生都嚇一跳。』

要是此時此地，自己也回抱千百合，事情會變成怎樣呢？

儘管只有一瞬間，但春雪確實認真地動過這個念頭。當然他並沒有實際用身體做出動作，只有右手的手指違背了思考而微微一顫。

和手指動作連動而跟著移動的游標，碰巧在顯示千百合神經連結裝置內建記憶領域內容的視窗裡，點到了應用程式安裝資料夾的圖示。短暫的延遲之後，一個新的視窗無聲地開啟。

春雪無意識地用視線檢查每個顯示於上頭的應用程式，並同樣在無意識的情況下以極小聲音量喃喃說道：

「對不起……對不起，小百。我……我以前，從來就沒有思考過妳是為了什麼而煩惱，或感到痛苦。就是因為這樣，我才會一事無成……」

「你才知道。我也會有煩惱，小拓應該也有他的煩惱，我想就連那個人也不例外。每個人都一樣，都跟小春你沒什麼兩樣。」

千百合說話的聲音跟她小小的雙手，都溫暖得直透心房。

春雪心想：我一定是鬼迷心竅了。哪怕只有一瞬間，竟然會懷疑她是超頻連線者，還一直瞞著我。

事實也是如此，一眼就可以看出資料夾裡並不存在那個燃燒的B字樣圖示。為防萬一，春雪還逐一檢查過她安裝的程式，但裡頭全都是市面上販賣的郵件軟體、媒體播放程式，或是一些簡單的遊戲，根本沒有任何來路不明的東西。

果然千百合才不是什麼「Cyan Pile」。

春雪邊這麼說服自己，邊打開不知是第幾個程式的內容畫面，卻忽然覺得有些不對勁。

程式本身沒有問題。問題不在這裡——從剛剛就覺得裝置對操作的反應有點遲緩。

如果是透過廉價的家用伺服器以無線方式連線也就罷了，現在他可是用高品質線材（而且還短到不能再短）跟千百合直連，沒有理由會出現常人感覺得到的延遲。

要說有什麼原因可能造成延遲，唯一的可能性就是千百合的連線裝置被其他連線占去了大部分的頻寬。

春雪越想越覺得訝異，於是打開網路狀態視窗來看看。

千百合的神經連結裝置現在一共和三個地方連線，分別是全球網路、倉嶋家的家庭網路，以及目前跟春雪的直接連線。其中應該就只有跟春雪之間的連線，會在現在這一瞬間還有封包來往。

然而一查看連線，春雪震驚得差點喊出聲音來。大量的封包正送往全球網路上，本地終端機的發送程式，是一個安裝在極深層資料夾中而且來路不明的程式，全球網路方面的接收者則不詳。也就是說——

她被人開了後門！

有人入侵了千百合的神經連結裝置，偷偷與外界連線。而這個人物現在正偷看千百合的視覺與聽覺資訊。

該死的傢伙！

春雪差點忍不住喊出聲來，動了動手指，準備砍掉有問題的程式。

但就在要把拖動的圖示丟進垃圾桶之際克制住了自己。

現在這個偷偷跟她連線的人正是「Cyan Pile」，這傢伙肯定沒有成功竄改BRAIN BURST，只是拿千百合的神經連結裝置來當跳板，才能夠自由自在地在對戰名單上出現或消失。

也就是說，只要能夠找出封包送往哪裡，就可以查出「Cyan Pile」的真實身分。然而要在不被對方發現的情形下進行追蹤卻是難上加難，唯一有辦法做到的機會，大概就是對戰中了。既然如此，一直到對方下次展開攻擊為止，他都得裝作沒有發現這個後門。

春雪輕輕呼出一口氣，關閉了所有視窗。

「謝謝妳，小百。」

說完就輕輕從她身上分開。

千百合小聲啜泣了許久，但後來終於慢慢放下雙手，點點頭對他微笑。春雪一邊回以生硬的笑容，一邊伸出左手從千百合的神經連結裝置上拔出了插頭。

6

星期五。

漫長的一週終於結束，上學的學生臉上都閃耀著對明後兩天假期的期待，而混在這群學生裡的春雪卻憂鬱地垂頭喪氣，踩著沉重的腳步走在人行道上。

「我這個人……實在是……」

他一大早就立刻被滿檔的自我嫌惡感纏身，嘴裡唸唸有詞。

如果說剛安裝BRAIN BURST那天晚上所作的夢是這輩子最壞的夢，那麼昨晚的夢就該算是這輩子最差勁的夢了。他在夢中展開了一些自己只透過虛擬知識得知的行為，如果對象只有黑雪公主，也許就會是這輩子最棒的夢境。然而不知不覺間，對象卻增為兩人，而且多出來的這個人還是——

「啊……啊啊啊啊啊……」

他拚命忍住想要抱著頭跑開的衝動。

現在神經連結裝置的各家通訊業者，都爭先恐後地開發「夢境錄影」這種聽起來真的像作夢般的科技。春雪滿心慶幸這個科技還沒有實現。不……當然真要說起來，他也不得不承認似乎有些部分令他感到遺憾……

「嗨，早啊，少年。」

傳來一道精神飽滿的招呼聲時，肩膀就被人拍了一記，讓春雪嚇得跳了起來。

接著他轉過頭去，看到站在身後的黑衣美人，又再次嚇得跳起。

「咦欸啊！」

「你在說什麼？是流行的招呼用語嗎？」

看到黑雪公主露出訝異的表情，春雪立刻猛力搖頭。

「沒有，什、什麼事都沒有！我是說，學、學姊早安！」

「……嗯。」

黑雪公主又側著頭，接著清了清嗓子，繼續說下去：

「嗯──啊──我說呢，昨天，這個……對不起，我也太幼稚了。」

「哪、哪裡，學姊太客氣了，我怎麼敢當。我才不該……連道別的話都沒說就跑掉……」

他們一停下腳步說話，就有越來越多穿著同樣制服的學生也跟著在他們身邊停下腳步。不只是一年級，連二、三年級生的眼睛都露出了憧憬的神色，想要對黑雪公主說聲早安。不知不覺間，背後已經大排長龍。

看到這種情形，黑雪公主便對身後的整個集團說了聲：「嗨！大家早！」一次跟所有人打完招呼，接著拍了拍春雪的背，開始快步前進。春雪趕忙從身後跟去，耳邊還聽見她輕聲細語地繼續剛才的談話：

「不……你會憤而離席也是情有可原。畢竟我把你最重視的……朋友，說成卑鄙無恥的襲擊者，還讓你說出『要跟她直連以釐清真相』這種根本辦不到的事情，真的很對不起。」

「咦？其……其實，我已經跟她……直連過了。」

「……什麼？」

黑雪公主的側臉立刻變得僵硬。春雪還來不及提防這危險的氣息，就聽見她開口問道：

「地點在哪裡？」

被如此嚴厲的聲音一問，他也只能據實以報：

「就、就在……她的家裡……」

「家裡的哪裡？」

「在、在房間裡……在她房間。」

「哦？」

不知為何，黑雪公主慢慢加快步行速度，春雪的額頭開始冒汗，但仍追向這個步伐比自己大上許多的人。花了幾秒後終於跟到她身旁，他先補了句：「然後啊……」接著繼續說明：

「我看了她的物理記憶領域……結果她的神經連結裝置裡竟然……」

「你們用的傳輸線多長？」

看到黑雪公主身上繞上了一層幾乎要刺穿人的氣息，春雪害怕地答道：

「三……三十公分。」

「……哼？」

喀喀喀喀喀喀喀喀。

黑雪公主以驚人的加速度接近從前方出現的校門，讓春雪只能啞口無言地愣愣看著她一頭搖曳的長髮。

他搞不懂，這世上有太多事情都讓人搞不懂了。

以半逃避的心情認真聽著上午的課，還寫了一大堆筆記的春雪，耳裡聽著輕快的午休鐘聲，卻遲遲不能付諸行動。

用理智思考也該知道，他應該去找八成就待在交誼廳的黑雪公主，並盡快告訴她「Cyan Pile」在千百合的神經連結裝置上開了後門的事情，以及追蹤封包的方法。然而，除非能在這之前看出黑雪公主從昨天就莫名其妙顯得不高興的理由，否則實在沒辦法專心談話。

其實說到惹得眼前談話對象不高興的經驗，春雪還挺豐富的。一個重量過重的傢伙全身汗流浹背，畏畏縮縮地小聲對自己說話，不會覺得煩躁的人反而比較稀奇。而對方的這種表情又會讓春雪更加畏縮，聲音變得更小，讓人越來越難聽到他在說什麼。

黑雪公主之前是否也在忍耐，而忍耐終於到了極限？

如果真是這樣，那麼或許自己最好永遠放棄跟黑雪公主在現實世界中面對面談話。如果雙方都以完全潛行的方式透過虛擬角色交談，至少不會流汗，而且程式也會自動修正音量。假使這樣可以讓一切都進行得更順利、更公事公辦，照理說這應該正合自己的意。

努力想說服自己的他，垂頭喪氣地將視線往下轉到書桌上，忽然間卻有道音量極大的陌生嗓音當頭轟下：

「午安！你就是一年二班的有田春雪同學對吧？」

他瞪大眼睛抬起頭來。站在自己眼前的是兩名未曾謀面的女生。從絲帶顏色可看出是二年級生，而標示目前正在進行社團活動的投影標籤也顯示於兩人肩膀上，上面寫著【校刊社】。

「哇咧……」春雪喊了一聲，上半身急往後仰，視野中多出了一個閃爍的圖示。這個寫著【SREC】的標示用意是通知使用者，告知談話內容會被錄到對方的神經連結裝置上。當然胡亂進行這種行為是不被允許的，但在校內極少數特定場合下確實准許學生錄音。

例如校刊社的採訪就是個例子。

就連周圍津津有味地看著事態發展的同學，春雪也不看在眼裡，準備轉移到不顧一切也要跑掉的全力逃走態勢。然而看來對方也是老經驗，立刻有一人閃身繞到後方堵住了退路。

就在以半站半坐姿勢僵住的春雪面前，校刊社的突擊採訪記者雙手端著投影鍵盤往前直伸，丟出一個單刀直入到有點過火的問題：

「我們是梅鄉即時快報『流言人物☆大頭照』單元的記者！我們就單刀直入地問了，請問謠傳有田同學跟大名鼎鼎的黑雪公主交往，這是真的嗎？」

春雪先朝閃爍的錄音圖示瞥了一眼。

接著動員所有的精神力，勉強裝出算得上平靜的語氣回答：

「那是騙人的，是謠言，沒有任何事實根據。」

記者的十隻手指在他眼前猛打著鍵盤，還繼續乘勝追擊：

「可是根據我們所獲得的情報，有田同學已經跟黑雪公主在交誼廳直連兩次多，而且還不只這樣，聽說兩位還曾經在校區內的咖啡店裡直連約會，請問這點您怎麼說呢？」

「妳怎……」

春雪驚愕地心想：妳怎麼會知道？而女學生則低頭看著一臉驚恐的他，這年頭罕見的實體眼鏡還閃出光芒。

不妙，太不妙了。要是這個時候講錯話，肯定會鬧到無可挽回的地步。

無數種聳動的標題在腦海中轉個不停，甚至覺得聽得見黑雪公主後援會的所有會員看到這些標題後，誓言對自己做出流血制裁的喊聲。

春雪的一邊臉頰頻頻抽動，但仍然以相當於對付Ash Roller時的三倍速度驅動大腦，擬出了一個還算得上不痛不癢的答案：

「呃——這這這其實是呢，我我我對神經連結裝置的ＯＳ（註：作業系統Operating system的簡稱）比較熟，然後，學姊的神經連結裝置出了點毛病，所以請我幫她修一下，就只是這樣，在咖啡店請客也只是答謝我而已，完全、根本沒有其他的意思。」

春雪擠出僵硬的笑容搖搖頭，就看到新聞社的社員停止打字，皺起了眉頭。

直連的兩個人之間是以思考發聲談話，還是在操作神經連結裝置，外人應該無從查證。雖然這樣的藉口很牽強，但對方應該沒有任何證據可以反駁。

春雪內心鬆了口氣，為了讓好不容易築起的護牆變得更穩固，又再補上了幾句：

「而……而且妳們想想看，光看她跟我在一起的時候是什麼態度，也應該知道事情是怎樣。學姊每次跟我講沒兩句話就會很不高興，怎麼可能是在跟我交往呢？」

這下採訪應該就結束了吧？

他是這麼認為，但女學生卻側著頭，訝異地反問道：

「不高興？我怎麼看都不覺得是這樣……」

「是、是真的啦！像今天早上她也是突然生氣走掉……每次一講到小百，不對，是一講到倉嶋她就會這樣……」

「倉嶋……同學？嗯，的確有人看到你在校門前跟黑雪公主起了爭執……」

新聞社社員眨了幾次眼鏡底下的眼睛後──

整個人的態度完全少了之前那種裝模作樣的部分，快速地動了動手指。春雪視野中的錄音圖示跟著消失。

「……？採訪結束了嗎？」

「啊、不是……該怎麼說呢……」

談話對象說話的語氣莫名地含糊起來，跟春雪背後的搭檔互換了眼神，以恢復正常的語氣開始說起：

「怎麼說呢？你也知道，我們其實也半信半疑，不對，應該說我們跑來採訪的時候，也覺得一定有哪裡弄錯了……」

「啥……？」

女學生猛然把臉湊過來，用只有春雪聽得見的音量跟他交頭接耳：

「我說啊，有田同學，該不會……我是覺得不太可能啦……可是黑雪公主跟你該不會真的……真的有些什麼？」

「啥？」

「可是一提起跟你很要好的倉嶋同學，她就會很不高興，那也就表示……對不對？」

繞到旁邊的另一個社員把話頭接了過去。

「嗯，這怎麼想都覺得是……」

接著她們兩人就像宣告神諭的巫女般，同時在春雪耳邊輕聲說道：

「……這表示她在吃醋，不是嗎？」

當春雪恢復理智，才發現自己已經躲進常去的那間男廁所隔間。

到頭來他還是跑掉了，但現在的他卻完全沒有心思反省自己的行動。

她在吃醋？醋字是怎麼寫？日語裡有這個詞嗎？

儘管他很想裝傻逃避現實，但一個最合適的漢字寫法，卻已像烙上烙鐵般刻在腦海中。

一提起千百合，黑雪公主就會露出不悅的神情……這是因為她在嫉妒。

沒錯，她們兩個是這麼說的。

嫉妒。吃醋。也就是說，黑雪公主不是在演戲或開玩笑，而是真的——

「鬼扯。」

春雪搶在自己的思考做出結論前，自言自語說出了這句話。不可能會有這種事，其他人也許碰得到，但這種事絕對不可能發生在自己——有田春雪這個人身上。不要想，不要期待，因為日後只會換回兩倍、三倍的後悔，讓自己痛不欲生。

春雪讓後腦杓往水槽上猛撞了幾次，再一次出聲說道：

「鬼扯……全是鬼扯。」

然而越是這麼說服自己，黑雪公主過去在他面前展現過的各種模樣、表情，以及話語，就越是化為無數拼片在他腦中閃現。

那次……那次，還有那次，她都是真心……？

「……鬼扯！」

咚的一聲，春雪的右手打在廁所隔間牆上，抱著頭煩惱不已。

他已經連思考都覺得痛苦。就在他為了再找地方逃避，準備說出完全潛行指令時——

黑雪公主在壁球遊戲中打出的驚人高分數字在他記憶中甦醒。

他永遠也超越不了那個分數。既然如此，自己就再也無法以這個遊戲來逃避現實了。

「為什麼？」

春雪以稍大的音量再次喊出同一句話：

「……這是為什麼！為什麼要挑上我！」

妳已經擁有了一切，舉凡容貌、頭腦、體能、人望，甚至就連——就連我唯一可以拿來維持自尊的東西——玩虛擬遊戲時的反應速度都不例外。

相較之下，我卻只是個一臉呆樣、體型臃腫、成天流汗又討人厭的傢伙。

也就是說，我沒有任何一個地方贏得了妳。

「我明明沒一樣比得過妳……到底要我怎麼相信……」

春雪確實算是黑雪公主想找的那種有資質安裝BRAIN BURST的人。

但那也沒什麼了不起，光這間國中裡就已經有三個人符合條件。

而且春雪的「Silver Crow」還瘦得像在鐵絲身體上安裝一顆巨大安全帽頭，是個只會拳擊和踢擊和頭錘的失敗作。憑這樣的對戰虛擬角色，想來也只能幫忙查出敵人——也就是「Cyan Pile」的真實身分。既然只有這點本事，春雪希望她不要給自己太好的待遇，希望她冷靜而不帶感情，純粹把自己當成一顆棋子來下令。

他不指望更多，也絕對不會痴心妄想。可是——黑雪公主為什麼會擺出那樣的態度、那樣的表情、那樣的眼神呢？

很快地春雪就在想要得到解脫的心態驅使之下，抓住了一個結論不放。除了這個結論之外，他怎麼想都覺得找不出其他理由。

明明勒索自己午餐費的人已經消失，卻又搞得沒吃午餐，然而春雪卻也沒有意識到飢餓，就這麼平淡地撐完了下午的課程。

級任導師似乎有在班會時間提到荒谷他們，但春雪根本沒聽進去，看著同學們在放學鐘聲響起的同時，抱著對週末假期的期待而邊玩鬧邊跑出教室後，他才慢吞吞地拿起書包起身。

接著慢慢走到樓梯口，換好鞋子，走出校舍。

時間才剛過三點，晚秋的太陽卻已泛起濃郁的紅色，低斜地照耀著校門。當春雪認出一道彷彿與門柱融為一體的黑色輪廓後，就拖著腳步走了過去。

「嗨……」

黑雪公主停住打著投影鍵盤的動作，以有些生硬的笑容輕輕舉起一隻手。想來她多半是特地將應該在學生會室裡處理的事物，拿到這麼冷的地方來做。

相較之下，春雪則是無言地輕輕鞠了個躬。

不自然的沉默一瞬間籠罩著他們。刺骨的寒風吹過，吹響了兩人腳邊的落葉。

看到春雪始終低頭不語，黑雪公主先輕輕咳了一聲才接著說：

「我們邊走邊聊吧……」

「好的。」

春雪簡短地點點頭答應。

黑雪公主默默跨出腳步，春雪則跟在她左後方一步的位置走出校門。

彼此都沒有開口說話，走了一、兩分鐘之後，黑雪公主又清了清嗓子，開始說起：

「這個……該怎麼說呢？早上真的很對不起，我不應該擺出那麼奇怪的態度。」

「不，哪裡……我沒有放在心上。我也很抱歉，午休時間沒去找妳。」

聽春雪答得平順，黑雪公主微微側著頭，但立刻又想通了似的點點頭。

「那就好……其實，這個、連我自己都覺得當時真的是不知道出了什麼毛病……沒錯，只要提到『Cyan Pile』，我就很難保持平靜。」

黑雪公主的視線始終定在前方，用比平常稍快的速度說個不停——

而春雪卻以乾澀的嗓音打斷了她的話頭：

「說到這件事，我已經知道倉嶋跟『Cyan Pile』之間的關連了。」

「咦？啊……這、這樣啊。那，這件事我們就用直連來談吧，畢竟要是被人聽到相關的專有名詞，事情可就麻煩了。」

黑雪公主很快講完這句話，接著不是去翻口袋，而是開始翻起提在右手上的書包。最後翻出來的，是一個標著梅鄉國中販賣部的小紙袋。黑雪公主應聲撕開膠帶，從裡面拉出了一條全新的XSB傳輸線。

「呃——昨天之前用的那條線，被我不小心弄斷了，然後……我身上又沒帶多少錢，只買得起這條。」

黑雪公主彷彿在辯解什麼似的，接著遞出這條一公尺長——販賣部裡也有販售的長度最短的傳輸線。春雪則刻意不去猜測她到底是什麼居心，更不和她對望，只是默默接過一端的插頭，插到了自己的神經連結裝置上。

「……」

黑雪公主看起來似乎在等春雪說些什麼，但沒過多久就把另一端插頭插到自己的神經連結裝置上。有線連結警告標語出現後隨即消失，就在同時，春雪將一段乾澀的思念傳了過去。

『倉嶋不是「Cyan Pile」。「Cyan Pile」在倉嶋的神經連結裝置上放了病毒，也就是開了後門，所以進入對戰場地時，才會從校內倉嶋所在的座標位置出現。』

黑雪公主並未對一口氣說到這裡的春雪立刻做出回應。

沒過多久，傳進腦海中央的說話聲音顯得有幾分訝異——聽起來又像帶著些許害怕。

『……你，出了什麼事嗎……我總覺得……你從剛剛就一直怪怪的。』

『沒什麼……什麼事都沒有。』

春雪看著前方，對走在距離自己一公尺處的黑雪公主答話，硬是不將視線轉過去。

『可是……莫非你在生氣？因為早上和昨天，我都用奇怪的態度對待你……』

『怎麼可能？我哪有可能對學姊生氣……別管我了，我們現在談的事更重要，不是嗎？』

從纖細傳輸線上流過的，是又一次的沉默。

由於西側有著成排的大樓擋住了陽光，讓夜色將近的行人道顯得十分昏暗，往來的行人也都置身於黑影中。彷彿只有他們兩人不小心走進了一個平板的影子國度般，沒有人注意到春雪跟黑雪公主保持直連走在路上。

『……你有證據嗎？』

忽然間一道和先前截然不同的冰冷思念，迴盪於春雪的腦海中。

『你有拿到證據可以證明倉嶋不是「Cyan Pile」嗎？』

『沒有，因為一旦碰觸病毒，就有可能被對方發現，所以我只是確認一下而已。』

『哦？這個判斷很冷靜，但同時也欠缺說服力你知道嗎？經由開後門的病毒來連接BRAIN BURST的對戰伺服器，這種手法就連我都沒有聽過，我要怎麼相信你說的話是真的？』

每說出一句話，黑雪公主的念力就更加尖銳。春雪咬緊了牙關，將一種格外平板的語音往傳輸線送過去：

『學姊意思是說病毒的說法是我捏造的……換句話說，是指出我有可能已經投靠倉嶋，也就是投靠「Cyan Pile」？既然連我都懷疑，那問題就無關有無證據了吧？學姊只要自己決定要怎麼判斷就行了。』

『我明明沒有說得這麼絕，是你的思考跳得太快了。』

黑雪公主說這句話時略顯動搖，但春雪還是頑固地拒不回答。

『——你說這話是真心的嗎？』

黑雪公主的腳步忽然間完全停住，僵硬地發出了這道讓溫度一口氣劇降的說話聲音，而春雪也在拉撐傳輸線之前停下了腳步。

『一旦我認為你投靠了「Cyan Pile」，那一瞬間我就會開始獵殺你。我會把你僅有的一些點數全部奪走，逼得你強制反安裝BRAIN BURST，你會永遠喪失加速能力。你說這些話之前真的有了解到這點嗎？』

『我當然了解，任憑學姊高興。我只不過是顆棋子，是工具，等學姊用不著了，儘管隨手丟掉就好。』

『你……』

春雪的左肩忽然被輕輕抓住。

抬起視線一看，黑雪公主那僵硬得如冰雕般的臉孔已近在眼前。然而表情固然冰冷，春雪卻覺得她的雙眸映出了內在的情緒而燒得火紅。

『你果然在生氣，對吧？我確實有不周到的地方，這點我要向你道歉。可是……』

她的嘴唇微微顫動，讓心中強忍許久的話擠了出來：

『我並非能完全控制自己所有的情緒變化。我也會煩躁，也會不安。尤其是牽扯到你……還有倉嶋的事情……』

黑雪公主一瞬間放低視線，一張變得蒼白而僵硬，但仍然試圖說下去：

『也好，既然你要我說出理由，我就說給你聽。我……』

就在這段思念透過傳輸線送達之前，春雪將頭轉往身旁，打斷了話頭：

『不用了，妳就別再說了吧。』

『咦……你、你說什麼……』

『我光看都覺得難受了，實在看不下去了。』

『你在說什麼……你這是……什麼意思？』

春雪將視線固定在右下方的一塊地磚上，終於說出了他在中午得出的「唯一結論」：

『學姊妳……很討厭妳自己對吧？』

他聽到了一聲銳利的吸氣聲。

春雪早有自覺，知道自己正在說的話會造成無可挽回的後果。

耳邊微微聽見昨晚千百合鼓勵他的話，但已經發出的思念卻再也攔阻不住。

『妳討厭一切都太完美的自己，所以才想自己貶低自己，我沒說錯吧？』

黑雪公主放在他左肩上的手指得有如鐵塊般僵硬。春雪心想：這大概是彼此最後一次肢體接觸了。接著說出一句多半會毀掉這一切的最後話語：

『妳找上我……找上又胖又醜，又惹人厭的我說話、牽我的手，對我表示好意……表現出疑似對我有好感的態度，其實這都只是想要玷汙妳自己罷了……妳不用這麼做，我也會乖乖聽話辦事。我什麼都不期待，不需要什麼代價，只是一顆用過就丟的棋子，只是聽命行事的工具。妳明明知道我這種人就只配得上這樣的對待啊！』

白皙的手慢慢地——慢慢地從他肩膀上拿開。

這樣就好。今後不再碰觸、視線不再交會。

在現實世界裡甚至不再面對面，我只要當個工具就好。

春雪並不知道這個念頭是否化為思念傳輸過去。

再見了。

就在他最後想要小聲說出這句話時，啪的一聲響起。

一股銳利的感觸在左臉頰爆開。

春雪感受著這燙傷般的刺痛，驚愕地抬起頭來。

「……笨蛋！」

這句話是從現實世界中那顏色淡薄的雙唇中迸射而出。

一張扭曲到極限卻仍然艷麗萬分的臉上，落下了有如瀑布般奔放的淚水，讓春雪怔怔地看得目不轉睛。

黑雪公主維持著揮出右手的姿勢不動，像個三歲小孩般哭得整張臉都皺在一起，眼淚更是流個不停。

「笨蛋……笨蛋……」

黑雪公主反覆說的這句話，與春雪聽她說過無數次、混著幾分成熟苦笑的「笨蛋」不同。

她恢復了她這個年紀應有的模樣——單純以一名十四歲少女的立場，不斷次地痛罵春雪。

至於此刻的春雪，腦袋裡浮現不出半點十三歲男生應該做得出來的幾種對應，就只是瞪大眼睛愣愣站著不動。

他很清楚——自己所說的話深深地傷害了眼前這個人。

但先前他一直以為如果是黑雪公主——如果是這個在各方面都極度完美，有著比成年人更為成熟的理智與思考能力的她，應該只會厭惡春雪，再也受不了他，就此對他不理不睬。

但她竟然哭成這副模樣，露出如此脆弱的表情。不應該——不應該是這樣……

春雪想要開口說點什麼。

黑雪公主用白皙的雙手遮住了不停落下的淚水。

兩人在沉入夕陽色彩的人行道上佇立不動，唯有短暫的風吹過他們身邊。

緊接著——

一陣聽起來宛如金屬相互摩擦的聲響，重重打在春雪的聽覺上。

剛開始他還以為那是來自神經連結裝置的量子雜訊，因為這道聲音就是這麼怪異。

春雪震驚地楞住，心臟猛然跳動，將脖子及上半身往右轉。

跳進視野中的——是一幅極為駭人的光景。

一輛白色小客車左前方的保險槓一路摩擦著隔開車道與人行道的護欄，筆直朝自己衝來。

是意外？不對！煞車聲呢？根本沒有聽到。

這四個念頭閃過腦海時，還花不到零點一秒。

春雪幾乎是下意識地開口迸出了一句話。就在同時，他腦海中也響起了一道透過直連傳輸線傳來的不同嗓音，喊出了完全一樣的一句話：

「『超頻連線！』」

啪的一聲響起，隨著這雷鳴般的聲響響起，世界就此靜止不動。

藍。

一片藍得無盡清透的凍結風景。

然而春雪已經意識到這一切並非完全靜止不動。

已經逼近到占據整個視野的大型轎車就像在對抗這股凍結般，一分一釐地轉動輪胎，緊咬路面，慢慢拉近距離。

「……哇？」

春雪發出慢半拍的驚叫聲，跳開了一步。就在這一瞬間，車子當場消失了，因為自己那穿著梅鄉國中制服的圓滾滾背影遮住了車子。

這個藍色世界並未完全重現現實世界中的風景，而是BRAIN BURST程式入侵周圍市街，設置無數公共安全攝影機所拍到的畫面，再以多邊形重新建構出來的虛擬實境。

視線往下一瞥就看到身體已經變成粉紅色的豬。春雪動起熟悉的虛擬角色，繞過自己在現實世界中的背影，又看了白色轎車一眼。

這輛車輛斜斜歪出車道，朝著護欄的空隙衝了進來，和春雪之間距離不到三公尺。儘管現在看來只是慢慢行進，但從對方的速度概算下來，就算在這個加速世界中，離雙方接觸也已經不到十分鐘。

為什麼——會發生這種事？春雪在混亂的意識中拚命思考。

一般而言，幾乎不可能會發生小客車偏出車道的情形。因為一旦察覺到行進路線有異狀，車子本身的控制用ＡＩ（註：人工智慧，Artificial Intelligenc的簡稱）就會從駕駛手中搶過操作權，自動採取修正路線、減速與停車等等的行動。

也就是說，這輛車不是控制用ＡＩ壞了，就是駕駛自行暫時關閉ＡＩ。

他很快就能想像到情形多半是後者。原因很簡單，因為春雪的耳裡完全聽不到全力煞車時那種輪胎跟路面摩擦的滑胎聲響。

駕駛沒有踩煞車。不但沒有煞車，還油門踩到底猛衝過來。

這是出於蓄意的襲擊，也就是黑雪公主以前提過的狀況——超頻連線者直接在現實世界中展開的「攻擊」。

春雪幾乎在瞬間認知到這些事實，於是他又前進了幾步，想隔著前車窗看清楚駕駛的臉。

攻擊者會是「王」麾下軍團所屬的陌生超頻連線者嗎？還是那個疑似就讀梅鄉國中的「Cyan Pile」？

看樣子周圍的公共攝影機幾乎全都沒有捕捉到車內的影像，讓車窗後面的景象始終顯得十分模糊。春雪變換角度凝神觀看，這才總算找到了可以觀看車內情形的位置。

他盡力伸展矮小的豬型虛擬角色，幾乎整個人都要爬到引擎蓋上，朝駕駛望了過去——

「這……？」

那一瞬間，春雪又一次發出了接近慘叫的驚呼聲。

出現在車裡的，是一張他熟到不能再熟，而且再也不想看到的同學臉孔。

「荒……荒谷……？為……什麼……」

為什麼這小子會出現在這裡？

他才剛在校內犯下傷害案，而且神經連結裝置中還被人發現裝有公共攝影機迴避程式，以及違法複製的遊戲、動畫等內容，到最後甚至還挖出了數位毒品，二話不說就遭到逮捕。照理說，他應該就這麼從觀護所轉而關進少年感化院，好一陣子——至少應該不會於自己在學期間就出獄。

春雪不敢相信自己的眼睛，連連眨了好幾次眼，凝視著這以藍色冰塊形成的駕駛臉孔。

然而那一頭針插般倒豎的頭髮、眉角上揚的眉毛、針孔般細小的瞳孔、在殘忍的亢奮情緒下扭曲的嘴唇——就連這種面相讓春雪心中昇起一股無可抗拒的恐懼感，都在在告訴春雪這個人就是荒谷本人。

「他今天早上——保釋出來了。」

身旁忽然傳來沉痛的說話聲音，春雪猛然轉過頭去。

以黑鳳蝶妖精公主姿態出現的黑雪公主，咬緊了嘴唇站在那兒。

「本來我是聽說下週就會送少年法院審理，最短也要服刑一年……所以我一直以為已經不必再去考慮他了。可是……真沒想到會這樣……」

黑雪公主以壓抑的聲調說到這裡，長長的睫毛垂了下來，慢慢地搖頭。

「不對——這應該是我要去預料、提防的。提防一個人要攻擊別人，根本不需要用到『加速』的力量……只要一把小刀，一輛車，就已經太足夠了，這點我本來以為自己知道……但是看樣子我並沒有真的體會到啊……」

她以一如往常的語氣說道，臉上表情看似已揮開了先前像個幼兒般大哭的餘波。

但春雪立刻改變想法，心想：這大概只是自己想這麼認為而已。

在虛擬角色那本來應該是人造的眼睛裡，可以明白看出痛切的悔恨，以及一種像是下定決心般的光輝。

她慢慢閉上眼睛，深深喘了口氣，輕聲細語地說了：

「這……應該就是所謂的報應吧。我不了解人心，也不曾試圖去了解，長年來卻一直玩弄人心取樂，才會遭到這種報應。」

「學……學姊……妳在說什麼啊？」

春雪好不容易擠出這幾個字。黑雪公主沒有馬上回答，而是身體轉過來面對春雪，無聲地讓自己那身高差了將近一倍的虛擬角色單膝跪地。

黑色的禮服攤開來，降到跟春雪同樣高度的視線與他筆直交會。

「有田，不……春雪。」

這道呼喚春雪的聲音，比記憶中的任何一瞬間都更輕柔、平穩地，輕撫著他的聽覺。

「真對不起，是我招來這個事態。可是我不會讓他傷到你一根汗毛，我絕對會保護你。」

「咦……妳……妳說什麼……」

春雪茫然地反覆說著同樣的話。

照理說就算現在解除加速，也已經無能為力了。

回到現實的瞬間，眼前的轎車多半就會以驚人的速度通過剩下的距離，先撞到春雪，接著再撞飛後方的黑雪公主。

順序是這樣正好。只要有自己當肉墊，黑雪公主就有一線希望不受重傷。春雪從剛剛就是這麼想的。

然而黑雪公主卻以蘊含了堅強決心的語氣，做出了驚人的宣告：

「我一定會救你。用我還沒有告訴過你的BRAIN BURST……也就是『加速』能力中最強也是最終極的能力。」

「咦……？」

救我……？身為主人的妳，要救只不過是工具的我……？

春雪倒吸一口氣，猛力地搖頭。

「不……不可以！不可以這樣！有這種能力的話應該由我來用！由我用這種能力來保護妳！因為我是妳的棋子……當然得由我來保護妳才行！」

他伸出短短的雙手拚命大喊。

「請妳告訴我……最終極的能力是一種怎樣能力！要用什麼樣的指令來發動？」

「不行，因為這個指令只有9級以上的人才能用，而且還會消耗掉累積點數的九十九％。就算沒有這些限制——我可是帶你的『上輩』，做上輩的怎麼能不保護自己的『下輩』呢？」

「可……可是……可是，可是！」

「不要擺出這種表情。因為這個狀況……對我而言，也算是一個不幸中的大幸。」

「咦……不、不幸中的大幸……？」

「嗯，處在現在這一瞬間，而我說的又是最後的遺言，你應該會相信我所說的話了吧？」

黑雪公主輕輕舉起雙手，將張開的手掌重疊捧至自己胸前。

接著她閉上眼睛，雙唇浮現出有如花蕾綻放般的微笑——

一字一句就像灑落的寶石一般，慢慢說了出來：

「春雪，我，喜歡你。」

微微抬起的眉毛下方，一對蘊含無限光輝的黑色眼睛注視著春雪。

「我有生以來還是第一次體驗到這種感情，根本就不知道怎麼控制，每次都害我不知道如何是好。不管是待在學校，還是在家躺在床上，我無時無刻不想著你，想得一下子高興，一下子難過。我心想這應該就是所謂的戀愛吧……這是多麼美妙……多麼偉大的奇蹟啊。」

黑雪公主握緊置於胸前的雙手，露出滿面的笑容。

她那溫暖而且溫和的笑容，讓人看了就覺得舒服，但卻帶著一種椎心蝕骨的痛，穿透了春雪的胸口。

我想相信、我想相信。

我想相信——

從虛擬角色的眼眶溢出的淚水帶著強烈的特效，扭曲了春雪的視野。

他猛力擦去淚水，回望離近在眼前的雙眸，以沙啞的聲音問道：

「為什麼……為什麼，是我？為什麼要挑上這樣……這樣的我。」

「嗯？你想知道理由？理由多得數不清……不，我想墜入情網應該不需要什麼理由，不過也對，我就告訴你當初讓我注意到你的機緣吧。」

黑雪公主微笑著伸出雙手，放上春雪的肩膀。

「春雪，你還記得我跟你的第一次接觸嗎？」

「記得……我當然記得。是在區域網路……虛擬壁球的房間裡，當時妳問我說，想不想加速到更快的境界。」

「的確是這樣，而我在那個遊戲打出的高分……」

她的笑容中多了幾分惡作劇的成分。

「那是用『加速』打出來的。」

「咦……咦？」

「若非如此，我實在打不出那種分數。當時我覺得這樣可以吸引你的興趣，讓我比較好說服，所以無論如何都想刷新你的紀錄……我……」

黑雪公主說到這裡先頓了一頓，視線轉往加速世界的天空。

「六年前，年僅八歲的我就成了超頻連線者。之後我一心一意渴望讓自己更強、更快，砍倒了無數的敵人升到9級卻還不滿足，雙手甚至染上了朋友的血。就連這樣的我，對你刻下的高分記錄卻仍然望塵莫及。」

黑雪公主表情轉為凝重，以強而有力地眼神筆直凝視著春雪，接著說了下去：

「春雪，你聽好了，你的速度很快。你可以變得比任何人都快，變得比我還快——也比其他諸王更快。速度才是超頻連線者最重要的能力。相信總有一天，你第一快手的名號就會威震整個加速世界，相信你可以打倒那群國王，甚至超越這地平線，直達BRAIN BURST的根源，在那裡有所體會，體會到人類——也就是我們的大腦與靈魂中所蘊含最極致的可能性。」

黑雪公主緩緩點了點頭，又繼續說下去：

「我當時……當時看到你玩那個遊戲的模樣，真的看得全身都在顫抖。我感受到了一股前所未有的戰慄跟感動，感嘆地想著原來人類可以快到這個地步。當時我真的在內心歡呼EUREKA……用古代希臘語大喊我終於找到了，找到了能讓停滯世界再度加速的真正王者。」

春雪再也插不上話，只能專心聽她說。

我，可以比任何人都快……？

一時之間他難以置信。然而黑雪公主處於這個狀況下所說出來的話，絕不容他有絲毫懷疑。他怎麼想都行，就是不能懷疑。

「可是，儘管你具備這麼強大的力量跟可能性，現實世界中卻那麼怯懦……讓我看得好心痛，一顆心幾乎要撕成兩半。我既想對未來的國王下跪，但同時又想要保護你，包容你。這兩種互斥的心情越來越強……不知不覺間，我的眼裡除了你以外再也容不下別人。我墜入了情網。雖然我是一直到昨天才發現的。」

「昨……天？」

「嗯，就在你提起倉嶋的時候。該怎麼說才好呢……這是我這輩子第一次產生嫉妒這種心情，讓我控制不了自己，所以才會忍不住對你擺出那樣的態度。當然今天早上也不例外。我是不是太晚發現了……不對，雖然晚了點，可是應該不會太晚。畢竟我現在……」

黑雪公主放在春雪雙肩上的手微微加重力道，湊過去的臉龐嘻嘻一笑。

「我已經對你表白了。只是如果可以，我本來是希望能在現實世界中面對面說出來。」

閃閃發光的漆黑雙眼忽然間湧出珍珠般的眼淚，化為水滴累積在眼眶中。

「好了……我們差不多，該道別了。」

「學姊妳……妳想做什麼？我不要……我才不要跟妳道別，怎麼可以這樣……」

看到春雪倒吸一口氣連連搖頭，黑雪公主以開導般的語氣交代出最後幾句話：

「就拜託你了，你要變強……而且要變得更快。請你代替我打倒那群『國王』，登上顛峰，幫我見證我想看到的東西。」

「不行……不可以！」

春雪發出了幾近慘叫的喊聲：

「怎麼可以這樣！我怎麼可以……放妳一個人去！我要保護妳……如果我辦不到，至少也要跟妳一起去！請妳不要丟下我……我、我什麼，都還沒有對妳……」

春雪發出摻雜哭聲叫喊的嘴——

被黑雪公主悄然湊近的嘴唇堵住。

雖然雙方都是虛擬角色，但觸感卻無比柔軟、無比溫暖、無比輕柔。

這個在現實世界中只有幾千分之一秒，在春雪的主觀中卻形同無限的吻。下一刻黑雪公主的嘴唇慢慢遠離，輕聲說道：

「總有一天……我們還會再見的。」

灑下的淚滴為她輕輕站起的軌跡覆上一層銀色的光輝。

黑雪公主毅然擋在衝來的小客車前，背影升起了一股由極為驚人的意志力轉化出來的氣勢。別說動彈，春雪就連聲音都發不出來。

黑雪公主雙手大大張開，腰桿挺得筆直——

發出宏亮清澈的喊聲：

「物理完全加速（Physical Full Burst）！」

「啪！」一陣刺眼的白光籠罩下，黑雪公主的虛擬角色就此消失。

怎麼了？發生什麼事了？

混亂與焦躁，以及一種壓過這其他一切情緒卻又無可名狀的感情就此爆發，讓春雪使盡力氣大聲叫喊：

「學姊！」

眼淚再次盈眶，扭曲的視野讓他失去平衡，往後踉蹌了幾步。

接著春雪看見了令人難以置信的光景。

黑雪公主——她那帶著藍色透明特效的身體，也就是現實世界中的身體竟然動了起來。

從慢慢逼近的小客車看去，中間夾著春雪現實世界中的身體，再過去才是黑雪公主所站的位置，但她現在卻以大約等於現實世界中步行的一成速度，連續做出多次抬起腿來、踢向地面前進的動作。

這種事情——怎麼可能會發生！

BRAIN BURST程式的原理是將以心跳為源頭的量子訊號超頻到一千倍，只針對使用者的意識進行加速。

換個角度來看，也就表示程式完全不會影響身體。所以就算加了速，原本的身體卻連視線都無法轉動。所以程式會在加速的同時，讓使用者的意識完全潛行，從身體中分離出來，連接到由公共攝影機影像所構成的虛擬實境中。

但現在黑雪公主肉身移動身體的速度，卻連處於加速狀態的春雪都明顯看得出來。有如冰塊色彩的全身各處不時會晃動模糊，多半是因為速度已經超出公共攝影機所能捕捉的極限。

也就是說——現實世界中的她，正以高於常人一百倍的超速度奔馳！

這就是BRAIN BURST最強也是最終極的能力嗎？不只是意識，連整副身體都加以超頻，果真是個禁忌的指令。

做出這種事來，身體不可能安然無恙。

全力衝刺的黑雪公主臉上除了毅然的決心之外，還有著另一種因絞盡全副心力忍耐而產生的僵硬神情。

她多半是在忍受劇痛。

以本來不可能會有的速度驅動，讓肌肉跟關節一起發出了哀嚎。

但是黑雪公主沒有停步，一步、兩步，到了第三步，她來到了現實世界中的春雪身旁。

荒谷所開的小客車前保險槓，只離春雪不到八十公分。

黑雪公主舉起雙手，以擁抱般的姿勢輕輕擁上春雪的身體。

手上微微施力，春雪的身體開始被往旁推動——

就在同時——

他全身感受到一股劇烈的衝擊，當場眼前一片漆黑。

黑雪公主的動作很輕柔，但在現實世界中卻形同被人猛力一撞。這股衝擊觸動了神經連結裝置的保險裝置，自動解除了他的完全潛行。

就在一瞬間沉入黑暗的視野中，原色的現實世界從正中央往外呈放射狀張開。

春雪立即從虛擬角色回到現實世界中的身體，緊接著整個背部撞在地磚上，喘不過氣來。

就在甚至忘記要再吸一口氣而瞪大眼睛的的春雪面前——

他覺得看到了雙手沒有縮回的黑雪公主對自己微微一笑。

緊接著，猛然衝上人行道的白色小客車就捕捉到了黑雪公主苗條的身體。

她雙腳被保險槓一剷，整個人飛上引擎蓋，猛力撞上擋風玻璃後，又再度高高彈起。

一頭黑色長髮畫出弧線飛過空中。

在夕陽照耀下反射出橘紅色光芒。

一條脫落的直連專用傳輸線就在她的身旁舞出一片小小白光。

7

春雪的意識七零八落，對於之後發生的事情只記得住三種純色。

躺在人行道地磚上，朝不自然的方向彎折的纖細身軀——黑。

大量的鮮血在身體下方流了滿地——紅。

緊閉的眼瞼與失去血色的臉頰——白。

用來止血的領帶，以及春雪自己的雙手，都在轉眼之間染成紅色。

荒谷大笑著從衝撞到商店牆壁的白色小客車駕駛座中爬了出來，他身上的衣服也染成了一片紅色。

警車閃爍著紅色警示燈趕來，押著笑個不停的荒谷上車。

緊接著，一輛同樣閃爍著紅色警示燈的白色救護車也趕到現場，一群白衣男子下了車，將黑雪公主固定在擔架上。春雪也在他們的示意下上了車，接著救護車猛然起步——

而現在，春雪就在一片全白的走廊角落，抬頭看著急診室的紅色手術中燈號。

春雪完全沒無法思考接下來的事情。

腦海中浮現出來的，盡是與黑雪公主認識後的這四天內每一個瞬間的光景。

那次——那次，還有那次，春雪本來都可以做出不同的選擇。

只要他當時做出那些選擇，就可以避免這個事態的發生。

黑雪公主朝自己伸出了手，對自己表達心意，為什麼自己就偏偏不肯相信呢？要是自己沒有頑固地低頭不說話，而是老實地接受，他們多半就不會在路旁起這種爭執，應該就可以注意到車子接近。

我……這輩子犯下了很多錯誤，但這次所犯的錯卻是最不可挽回的……

春雪在七零八落的意識碎片中，回溯每一個分歧，想要朝不同的未來前進。但就算Brain Burst的功能再怎麼強大，終究無法改變過去。

也不知道自己抬頭看著燈號看了多久。

寫著手術中的紅燈還亮著，但門卻突然滑開，一名女性護理人員走了出來。春雪愣愣地注視著這道白衣的身影筆直走向自己。

年輕的護理人員看起來像是剛從護理學校畢業，表情緊繃的她有一頭十分工整的瀏海。而春雪想問的話就這麼朝著對方脫口而出：

「情形……怎麼樣？」

「醫師跟所有醫護人員都正在全力搶救。」

護士的聲音有些沙啞，聲調也很僵硬。

「可是……多處內臟受損，我們投入了全部的修補用微型機械，才勉強延緩狀況的惡化。接下來……這個，我們想聯絡她的……家人，但她的神經連結裝置上沒有登記緊急聯絡人。」

「咦……」

護士在說不出話來的春雪身旁坐下，「所以呢……」她探出身子接著說：

「我想說你可能會知道她家的電話號碼。你……是她的……？」

這句話的語尾是詢問語氣，但春雪卻一時之間答不出來。

我到底是她的什麼人呢？棋子？手下？我不想再提這些字眼了。可是事到如今，我也不想再提朋友或學姊學弟這種說法。

吞吞吐吐的春雪聽到護士下一瞬間說出來的字眼，不由得抬起了頭。

「男朋友，對吧？」

「咦……為、為什麼？」

既然看過黑雪公主那奇蹟般完好無損的美貌，再比對春雪的體格與外貌，照理說應該沒有任何根據會讓人推理出這種答案。

護士朝著反射性地縮起身體的春雪，悄悄遞出一本小手冊。

藍色合成皮封面上印著金色徽章的，正是梅鄉國中的學生手冊。

「我為了想找出聯絡人，而翻她身上物品時不小心看到了，對不起喔。」

護士僵硬的臉頰上露出一絲微笑，翻開了學生手冊的最後一頁。

左側的透明護套上裝著印有黑雪公主大頭照的學生證。而右側則可看到一張熟悉的圓臉。

春雪以顫抖的手接過手冊，看著這張拍到自己糊塗表情的照片看得呆了。一定是那個時候

——就是春雪在交誼廳裡聽著黑雪公主第一次「表白」時，被她擷取視野影像印成了照片。

啵的一聲輕響，一滴水珠落在照片的表面。

春雪隔了好一陣子，才發現到這滴水珠是從自己的眼眶溢出來的。

「學姊……黑雪公主學姊。」

不久，嚴重顫抖的自言自語聲轉為孩子般的嚎啕大哭。

「嗚……！啊啊……嗚啊啊啊啊！」

春雪將手冊抱在胸前，彎下腰放聲大哭。

流不盡的眼淚沿著臉頰滴在地板上。直到這一瞬間，春雪才在這陣椎心之痛中，才找到了自己真正的心意。

手術持續了將近五個小時。

顯示於視野角落的時間從傍晚轉為深夜，其間春雪只發了一封純文字郵件給母親，說朋友出了車禍，今晚會比較晚回家，也可能乾脆不回去，之後就一直坐在椅子上等候。

至於黑雪公主的家，聽說是透過學校聯絡上了，但驚人的是她的家人沒有出現，就只有一名自稱顧問律師的男子現身。

這名中年律師配戴著大型神經連結裝置，自己本身也活像是一具機械。只見他事務性地辦完手續，對春雪連看也不看一眼，只待上十五分鐘左右就離開了。

經過一段非常漫長的時間，等到紅色燈號消失時，都已經快晚上十點了。

一臉疲憊神情走出手術室的年輕醫師，看到走廊上只有春雪一個人在，多少顯得有些困惑，但還是很有禮貌地向他說明傷勢。

醫師表示目前雖然已經止血成功，但內臟的損傷範圍太大，隨時都有可能陷入休克狀態。合成蛋白製的微型機械正全力修復組織並同化，但最終還是要靠患者自己的體力。

「也就是說……目前我們不得不說她處於生命垂危的狀態……就看她能不能撐過之後這十二小時了，你最好要有心理準備。」

醫師以嚴肅的神情說完，就帶著一群醫護人員從白色走廊上離開。

唯一留下的一個人，就是先前那位女性護理人員。

她朝握在春雪手中的學生手冊一瞥，以溫和的語氣說道：

「你也該……回去休息一下了。他們說她的家人明天就會來了。」

「到明天……就太遲了。」

春雪擺出絕不離開一步的強硬態度回答。

「醫師說過就看她撐不撐得過這十二個小時。學姊那麼努力，要是身邊連一個人都沒有，那……那未免太殘酷了。」

「是嗎……說得也是……你跟家裡聯絡過了嗎？」

「有……反正我家人也要到凌晨一點左右才會回家。」

「好，那我去拿毯子給你，你等一下。」

護士快步走向走廊遠處的護理站，很快地又走了回來。她將一件薄毛毯交給春雪，對他用力地點點頭。

「不用擔心，她一定會好起來的。而且她長得那麼可愛……又有像你這麼專情的男朋友。你們快樂的日子才正要開始呢。」

其實真如妳所說——「才正要開始」這句話所代表的意義，遠比妳所想的還要更深奧。要打倒「Cyan Pile」，一一打垮各個國王的軍團，一路去到她想去的地方。當然我也會一起去。

春雪心中瞬間有了這些想法，嘴上則回答：

「謝……謝謝妳。請問……我什麼時候可以見學姊？」

「現在不行，因為微型機械手術室要保持氣密。不過你可以透過院內網路看看攝影機拍到的畫面，這是特別優待，下不為例喔。」

護士微微一笑，手指在空中揮動，做出彈指的動作，同時春雪的視野內就立即顯示出一個連線入口。

春雪現在明明沒有連上全球網路，但卻可以和護士的神經連結裝置進行無線連線，讓春雪有些吃驚，但隨即就想到這是透過醫院的區域網路連線。

一點選入口圖示，就開啟了一個影片視窗。畫面的光線很暗，影像也不清晰。但定睛一看，就發現畫面中央有拍到一張形狀異樣的床。

整張床就像上半部打開的膠囊。內部填滿了半透明的液體，而一具白嫩的身軀就泡在液體中，肩膀以上的部分則露在外面。

插在兩隻手上跟嘴上的管線令人看了都覺得心痛。軀體的主人緊閉雙眼，一動也不動。

「學姊……」

春雪忍不住小聲呼喚她。

現在這具纖細的身體內側，正靠著無數的微型機械與她本人的生命力，對抗巨大的損傷。唯有這場戰鬥，春雪完全無能為力，除了祈禱之外什麼都不能做。

「別擔心，她一定會得救的。」

護士又說了一次，之後輕輕拍拍春雪的背，站了起來。

「我們都有詳細監控她的狀況，有事我會馬上過來，你也要休息一下。」

「好的，還……還有，謝謝妳。」

春雪叫住了準備離開的護士對她道謝，正要鞠躬致意時——

顯示於視野右側的影片視窗中，忽然有個地方讓他覺得不對勁。在為數龐大的虛擬實境遊戲經驗中磨練出來的直覺，告訴他有個東西他應該要注意到、應該要列入考慮。

會是什麼——我現在看到了什麼？

黑雪公主身體的肩部以上都呈裸露狀態，但身上卻配戴著唯一一件配件。

雖然沉浸在半透明的液體裡，所以看不清楚——但那的確是那個物品。裝在她脖子後面的黑色物體，確實是神經連結裝置。裝置的直連插孔上插了一條細細的傳輸線，和氧氣管平行伸向床外，連接到一旁的大型器材上。

「請……請等一下。」

被春雪急忙叫住的醫護人員不解地轉過身來。

「怎麼了嗎？」

「沒有，這個……黑、不對，我是說學姊，她的神經連結裝置還配戴在身上？」

「對啊，因為我們在監測腦波。」

「那麼，那台……用傳輸線連接的機械，也不是單機運作……」

「當然有跟院內網路聯繫啊。」

——妳說什麼？

看到春雪緊張得倒吸一口氣，護士露出訝異的表情，但馬上又微笑著要他放心：

「怎麼啦？你在擔心網路安全的問題？不用擔心，院內網路的醫療級連線有非常森嚴的防護，沒有駭客能對她亂來的。」

她說完就揮揮手走進護理站。春雪望著她離開的背影，內心以接近呻吟的語氣對她說：

——照常理說是這樣沒錯，可是那玩意根本不能以常理推斷。就連具備國內最強防護的公共攝影機網路都被輕而易舉地入侵，偷出即時影像使用……

只有BRAIN BURST例外。

獨自留在走廊上的春雪，左手抱著毛毯，重重坐到了長椅上。

黑雪公主的神經連結裝置早已完全和全球網路斷線，然而儘管是為了治療，現在卻連上了院內網路，也就是說——

春雪以顫抖的聲調小聲說出指令：

「超頻連線。」

整個世界立刻隨著那熟悉的聲響凍結。

以豬形虛擬角色搖搖晃晃站起的春雪，抱著祈禱般的心情，從排列在虛擬桌面左側的圖示中，點選了熊熊燃燒的Ｂ字記號。

BRAIN BURST的控制面板啟動，開啟了對戰名單。

顯示搜尋中字樣過後，名單最上面出現了「Silver Crow」的名字。

稍待片刻之後──「Black Lotus」的名字也出現了。

「不……不會吧……」

春雪忍不住呻吟出來。

自己可以操作神經連結裝置，所以只要跟院內網路斷線，就可以從對戰名單上消失，然而正在接受腦波監測的黑雪公主卻不能這麼做。

當然她至少沒有接上全球網路，所以不至於會被人從外界無限制地攻擊，但要是這間醫院裡存在著超頻連線者──而且這個人還啟動BRAIN BURST，找出「Black Lotus」來對戰──失去意識的黑雪公主就只能任人宰割。

不，總不可能這麼湊巧，剛好有超頻連線者待在同一間醫院吧？而且時間這麼晚了，應該也不會有人進出醫院。要是現在有春雪跟黑雪公主以外的超頻連線者連上了院內網路，對方的代號就一定得出現在對戰名單上，所以不必著急。

春雪想這麼說服自己，但虛擬角色那圓滾滾的手上冒出冷汗的感覺卻始終沒有消退。

不對——還有別的，我還忽略了別的事。

如果……要是有超頻連線者所處的立場，可以得知加速世界中最高額的懸賞犯「Black Lotus」身受重傷而住院，甚至連住在這間醫院的消息呢？

思考本來就要接到「怎麼可能會那麼湊巧」，但春雪卻在一陣深沉的戰慄中睜開了眼睛。

確實存在——唯一一名處於這樣立場的敵人，就是「Cyan Pile」。

這名敵人神出鬼沒，目前春雪還只查到對方在千百合的神經連結裝置中植入病毒這點。不過現階段唯一可確定的，就是這個人就讀梅鄉國中。

而黑雪公主出車禍的事，已經聯絡過校方。再加上車禍是由剛保釋的荒谷無照駕車衝撞所造成，更會成為一則重大新聞。想必到了現在這時候，這個話題多半就像燎原大火，傳遍了梅鄉國中每一名學生的耳中。

相信他們還沒有得知黑雪公主被送往哪間醫院。要是有崇拜她的學妹或後援會的會員之類的人，查出了她住哪間醫院，想要探望她的人早就人山人海地湧了過來。

然而——教職員卻已經知道了消息，這麼一來，傳到學生耳中也只是時間的問題。要是大群學生跑來探望，而「Cyan Pile」混在裡頭，就很難找出到底是誰了。

終究……無可奈何嗎？

春雪垂頭喪氣，頹然坐到了現實世界中凍成藍色的自己身邊。

黑雪公主現在正與死神拔河，換個角度來看，她根本無暇顧及「對戰」也是事實。

所幸程式有設限一天只能挑戰一次同一名對象。在黑雪公主傷勢回穩之前，被「Cyan Pile」打敗個一、兩次，搶走一、兩次點數，也是無可奈何——

等等——我白癡啊！當時黑雪公主說過什麼？

春雪握緊雙拳，猛然站起身來。

當時為了救春雪一命，她動用了最終指令「物理完全加速」。

這個指令效果極大，不光是意識，還可以對現實世界中的身體加速，但代價就是失去九十九％的超頻點數。

現在黑雪公主的點數已瀕臨枯竭，就算只輸一次，一旦輸給等級遠低於她的「Cyan Pile」，多半會輕而易舉地立刻降到零。

而在那一瞬間，黑雪公主的BRAIN BURST就會被強制反安裝。

這對她來說……對於多年來只為了升到10級而戰的黑雪公主來說，等於形同死亡。

不行，唯有這點絕對不行。他一次都不能讓「Cyan Pile」跟黑雪公主對戰。

黑雪公主賭上自己的性命救了自己。

所以這次我要保護她，我要保住她的一半身體。

從現在起，我絕不睡覺，一直監視醫院的正門。哪怕要耗盡所有點數，只要一看到梅鄉國中的學生出現，我就要立刻「加速」，找出「Cyan Pile」來挑戰。

而且——我還得打倒他，打倒點數已經瀕臨枯竭的他，讓他永遠消失於加速世界。

「我絕對要保護妳！」

春雪在只有自己一個人的藍色世界裡出聲立下誓言。

「原因很簡單……因為我……我有話一定要跟妳說。等到我們可以再見面的時候，我一定要跟妳說。所以，這次換我挺身而戰。」

他將視線轉向理應躺在藍色牆壁另一邊的黑雪公主，以強而有力的語氣如此宣告。

春雪喊出超頻登出指令回到現實世界，抱著膝蓋橫向坐在長椅上，用毛毯裹住身體，定睛注視走廊左前方的正門。

醫院另有其他出入口，但是要連上院內網路，就得先在正門辦理神經連結裝置的認證，所以照理說「Cyan Pile」一定會從那裡出現。

時刻是晚間十點半。

已經過了會客時間，挑這個時候出現的可能性很低。但對方已經被逼急了，如果想確實挑準黑雪公主失去意識的狀況，也可能一打聽到是哪間醫院就立即跑來攻擊。

春雪操作神經連結裝置，將鬧鐘設定在最大音量。這樣一來就算不小心想睡，也會聽到吵得要死的鬧鐘聲叫醒自己。

春雪這輩子還是第一次度過如此漫長的夜晚。

然而別說無聊，他甚至不覺得想睡。春雪瞪大的眼睛幾乎每分每秒都朝向光線昏暗的入口，不然就是掃向小型化的急診室影像視窗。

黑雪公主那躺在膠囊病床中的白皙身軀一動也不動，但春雪卻能切身感受到一場賭命的搏鬥正如火如荼地展開。

加油。加油。

春雪每次看到畫面，都在心中這麼祈禱。自己跟她正透過彼此身上的神經連結裝置與院內網路，同時也透過BRAIN BURST相連。相信自己的祈禱一定能傳達過去。春雪對此信之不疑。

凌晨兩點左右，一臉擔心的護士一手拿著紙杯咖啡來看他。春雪說不用加奶精跟砂糖，而這輩子第一次喝到的黑咖啡，味道苦得讓他舌頭刺痛。

上午五點，正門射進了微弱的第一道曙光。春雪猶豫了一會兒，接著衝去上廁所，以這輩子最短的處理時間上完出來，又再次回到椅子上縮起身體。

上午六點。在大廳往來的員工開始增加，春雪更加留神提防。

上午七點，處理完業務的夜班人員接二連三地回家，那位護士跑來遞上第二杯咖啡跟三明治給春雪，留下溫暖的問候話語後就離開了。

上午八點半——夜間櫃臺關閉，醫院正面入口的自動門打了開來。

幾名以高齡患者為主的病患彷彿期待等這一刻已久，立即從入口進來。

春雪瞪大了自己覺得變得更加銳利的雙眼，一動也不動地瞪著往來的人潮。

就算入學已經有半年，就算是個每學年只有三個班級的小規模學校，但他終究不可能認得出每一名梅鄉國中學生的臉。一旦看到不確定是否為同校學生的年輕人，就非得毫不猶豫地加速檢查對戰名單不可。

春雪的集中力緊繃到了極點，而顯示於視野角落的時間數字就像在嘲笑他的努力般，慢慢地、慢慢地變動。

三十五分。四十分。

不知黑雪公主脫離危險了沒有。醫師所宣告的十二小時，已經過了十個小時以上。

求求妳趕快恢復意識，然後趕快解除腦波監測。

春雪拚命地祈禱。

好想再一次——再一次在加速世界裡與她獨處。

而且下次一定要說出來，對她說出自己的心意，吐露由衷的心聲。

八點四十五分。

春雪開始警戒後，第一次在視線所向之處看到了一張熟悉的臉孔。

一瞬間他倒吸一口氣——接著呼了口長氣。

那張臉不僅熟悉，還是這世上他看得最久的兩張臉之一。

姿勢端正的修長身材上，穿著成熟的絨布外套和休閒褲，極富空氣感的捲俏頭髮在朝陽照耀下透出咖啡色的光輝。

你來看我嗎……

春雪放鬆肩膀上的力道，露出了些許笑容。

「喂——阿拓！我在這邊！」

當這道在醫院裡顯得格外大聲的呼喊聲，從走廊傳到入口的瞬間，阿拓——黛拓武正要跨出的右腳就當場停住。

看樣子他還沒有發現春雪。他左右轉動視線，最後總算將視線從入口大廳最深處轉向通往急診室的走廊。

接著與下了椅子又揮了一次手的春雪對望一眼——

拓武的頭微微一歪，猛眨了幾次眼。

接著露出了一如往常的開朗活潑笑容。

拓武先輕輕舉起穿在海軍藍外套袖子裡的右手，再用指頭輕輕敲了敲自己身上藍色的神經連結裝置。

春雪立刻猜出意思是他要先連上院內網路認證，要自己等一下。同時也覺得這小子還是老樣子，做事那麼一板一眼。

無論來院的目的是看診或探望病人，要進到比入口大廳更裡面的地方，就得先用神經連結裝置於醫院內網路簽名，不然就是於櫃臺提出身分證領取通行證，這是全國醫院共通的規則。

然而到嚴格的認證過程結束為止的三十秒，是要站在入口大廳等，還是邊走邊等來節省時間，並沒有太大的差別。畢竟像春雪昨天晚上來到這裡時，就馬不停蹄地一路跑到急診室前，等到黑雪公主消失於門的另一邊，認證過程才結束。

但看樣子拓武不想犯這種小小的違規，只見他將視線投向春雪，臉上露出有點著急的表情，但還是站在大廳正中央等待認證過程結束。

就在這時，拓武似乎發現什麼似的，身體往旁一轉。

他將視線掃過自動門，彷彿要大聲呼喊某人般，將左手放到了嘴邊。

春雪心想：是不是千百合來了？於是也想跟著朝正面出入口外望去。

就在他的視線即將從拓武身上移開之際，忽然覺得有些小小的不對勁。

拓武跟春雪不一樣，做事非常守分寸，這樣的他會在醫院裡大聲喊人嗎？

他的左手看起來不像要當擴音器用，簡直就像——要遮住自己的嘴，遮住即將說出的話。

遮著不讓春雪看到。

不對勁的感覺瞬間轉為戰慄，彷彿一根冰針筆直貫穿了春雪的脊髓。

儘管震驚地瞪大眼睛，愣愣站著不動，但腦中卻同時閃過好幾個念頭。

我——為什麼會做出認為「Cyan Pile」是梅鄉國中學生的判斷？

當然是因為對方在千百合的神經連結裝置上植入病毒。因為對方將千百合當作跳板，躲在校內區域網路裡神出鬼沒地攻擊黑雪公主。

可是，如果那個後門是為了從全球網路連線而設計出來的呢？在這個情形下，嫌犯就不能再限定到梅鄉國中內部，而會擴大到全國。

然而同時也會多出新的篩選條件。

為什麼要挑千百合？當然是因為容易有機會跟她接觸。

校外人士中跟千百合最親近的人是誰？親近到可以跟千百合的神經連結裝置直連的人是誰？符合這個條件的人只有一個。現在這一瞬間，這個人就站在離二十公尺遠的地方——

就在思考到達這一步的瞬間，春雪的嘴自動有了動作，喊出語音指令：

「超頻連線！」

——少年拓武，千百合的兒時玩伴兼男友。

啪。

冰冷而乾澀的雷聲凍結了整個世界。

視線前方的拓武也保持著左手舉到嘴邊的動作凍結成藍色。

然而實際上卻並非如此。拓武也在手掌的遮掩下同時喊出了語音指令，而他的意識則和春雪不同的另一個凍結空間中加速。

是你？原來是你？我萬萬沒有想到……這是騙人的吧？為什麼？到底是為什麼？

儘管腦子裡迴盪著支離破碎的叫喊，春雪虛擬角色的右手卻以最快速度閃過虛擬桌面。

現在這一瞬間，拓武應該也正在採取同樣的行動，也就是啟動BRAIN BURST的控制面板，等待對戰名單更新。接著點選「Black Lotus」這顆熟到一碰就會掉落的果實，要求進行對戰。

春雪得搶在這一步之前，先跟「Cyan Pile」對戰才行。

他咬緊牙關，睜大眼睛，凝視著對戰名單的搜尋顯示。

啵的一聲響起，最上面出現了自己的代號——「Silver Crow」。

接著是自己必須保護的至愛——「Black Lotus」。

最後，自己必須打倒的敵人代號，終於首次以文字列的形式實際出現在春雪眼前——「Cyan Pile」。

一定要趕上——！

他使出渾身解數以超高速點選對方的代號，猛力朝跳出視窗內顯示的對戰指令上一拍。

8

咚鏗咚鏗咚鏗咚鏗。

一瞬間的停頓後，迴盪於整個世界的，是一陣聽來彷彿無數金屬塊碰撞擠壓的異樣震動。

從入口射進的清爽晨光，轉化為令人作嘔的黃色光線。

春雪的腳邊延伸出宛如生物般有著肉瓣狀皺摺的鏽色金屬，覆蓋四周的地板及牆壁。柱子就像昆蟲腹部的分段般扭成螺旋狀，天花板上還冒出許多狀似怪異眼球的突起。

沒花上幾秒鐘，原先整潔無比、走在醫療技術最尖端的醫院內部，就被汙染成一整片有機金屬材質，彷彿就像古典電腦叛客（註：英文Cyberpunk為Cybernetics與Punk的結合詞，又稱賽伯朋克、網路叛客，是科幻小說的一種）作家所作的惡夢。

摒住呼吸、愣愣站著不動的春雪身上，四肢末端開始覆上閃耀著白銀光輝的裝甲，同時肢體也開始縮得像是鐵絲般纖細。

從腰到腹部、胸部都轉變成光滑的銀色，最後連頭部也裹在一個圓形的安全帽中。

幾乎就在春雪從粉紅色的豬型虛擬角色，變身為對戰虛擬角色「Silver Crow」的同時，聽到

「咻」的一聲，兩條體力計量表在視野上方伸展開來。

兩條計量表之間則出現了數字1800。

最後視野中央燃起熊熊火焰，從中出現的「FIGHT!!」字樣火紅地燃燒後爆開。

春雪朝開始減少的倒數讀秒瞥了一眼，知道勉強趕上後才鬆了口氣。他重新朝前方，也就是拓武所在處看了一眼。

在完全相同的位置上以側面朝向自己站著的，是一個外型令他意想不到的對戰虛擬角色。

那就是……拓武？就是「Cyan Pile」？

春雪太過震驚，右腳不禁退開半步。

對手非常巨大。不，他身高並不算特別高，只比國一就長到一百七十五公分的拓武本人高出五公分左右——話是這麼說，但對於頂多只有一百五十五公分左右的「Silver Crow」來說，已經是個需要抬頭仰望的高個子。

然而真正最具壓倒性的部分，還是在於「Cyan Pile」全身那無可比擬的厚實度。

這種厚實並非肥胖，四肢跟軀幹都有如職業摔角選手般肌肉糾結，上頭還裹著一層金屬藍的緊身防護衣式裝甲。

腳上穿著暗藍色的厚重靴子，左手則有著同樣顏色的巨大拳擊手套。

簡直就像美國漫畫裡出現的肌肉英雄一般，形象比起身材修長的拓武本人，有著一百八十度的轉變。

眼前景象令春雪為之震懾，只能愣愣地站著不動。

Cyan Pile則慢慢朝左轉動身體，視線從正面投向春雪身上。

他頭部覆蓋著全身上下唯一流線造型的淚滴型面罩，顏面部分開出了幾條橫向的細長縫隙，中間有一根支柱貫穿。從某些角度來看，有點像是劍道用的面罩。

其中一條橫縫內部忽然一亮，凸顯出藍白色雙眼銳利的形狀。他慢慢舉起左腳，重重踏在地板上，踩得積在地板上的黏液左右飛濺。

春雪左腳又退了一步，同時目光被Cyan Pile露出的右手所吸引。那是——什麼東西？

連接於手肘上的粗大管子，並非他左手上戴的那種拳擊手套。

管線直徑大約15公分，長度多半有一公尺左右，而且疑似內藏的金屬棒，鋒銳的尖端還從開口部分露了出來，閃耀著危險的光芒。

Cyan Pile的屬性很明確，從穿戴全身的裝甲顏色便看得出是「近戰的藍色」。而且按照黑雪公主的說法，既然顏色無限接近純藍，那麼他那銳利的金屬棒應該就不是遠程攻擊用的武器。

想是這麼想，但春雪仍不得不再退一步。

Cyan Pile彷彿想將身材纖細的Silver Crow慢慢折磨至死般，一步一步慢慢沿著由有機金屬覆

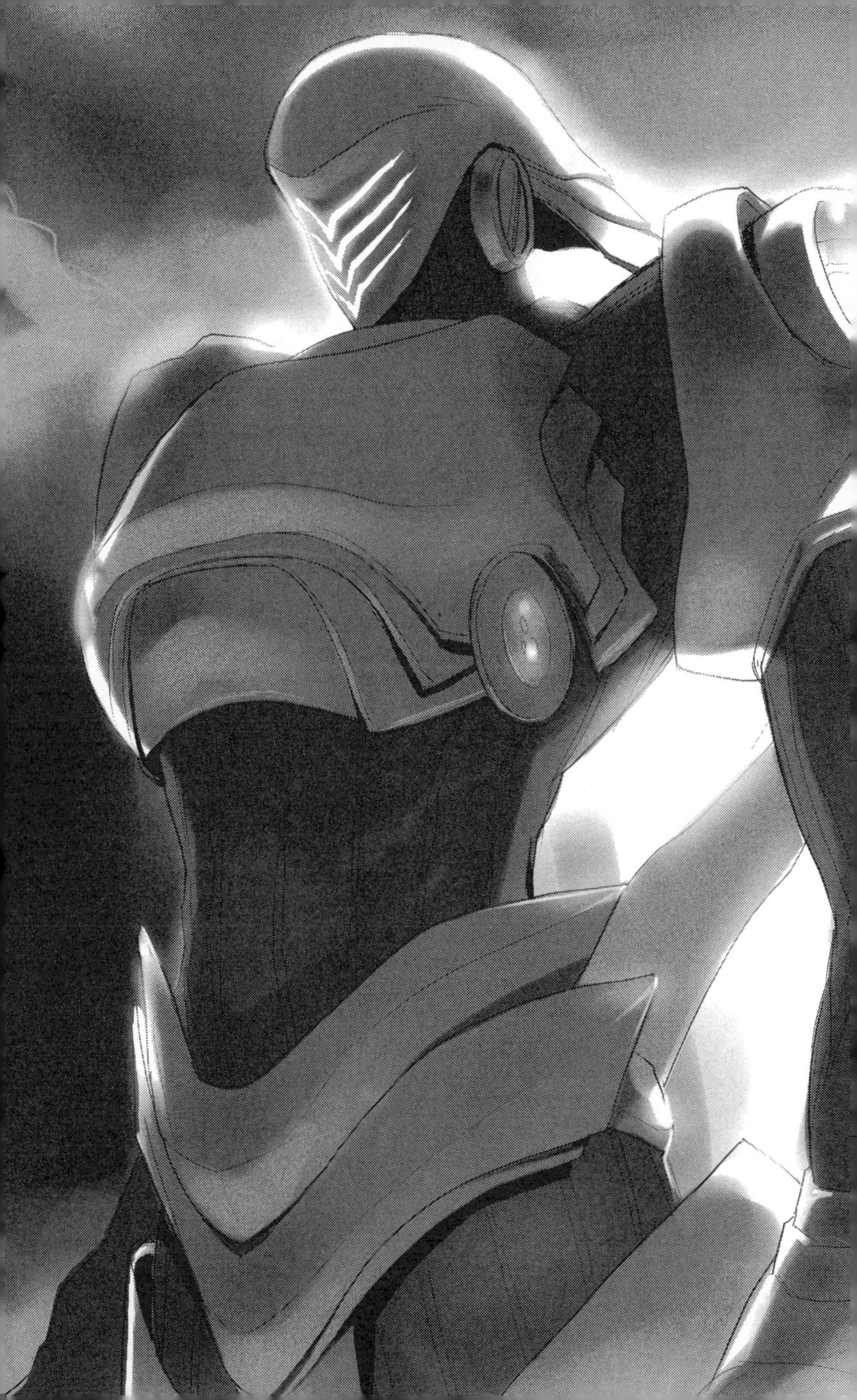

蓋的通道逼近。然而他的腳步卻忽然間停了下來。

有著成排橫向縫隙的面罩環顧著四周。

從面罩中流出的說話聲音雖然變得十分陰森，但確實是長年來早已聽慣、好友拓武明亮的嗓音。

「唔？這是『煉獄』場地嗎？我太久沒有看到，都忘記屬性是什麼了。」

聽到他爽朗的說話語氣，春雪忍不住開了口：

「阿……阿拓……」

嗤唰唰唰唰！

Cyan Pile忽然揮動右臂，讓上面所裝的金屬棒咬進走廊上的金屬牆壁，撕開了一道醜惡的裂痕，劃得鐵屑與黏液四散，還有幾隻被擠扁的不知名小蟲輕飄飄地落到地板上。

春雪吞下了原本要說的話，全身打了個寒顫。

Cyan Pile對他這種模樣瞥了一眼，以更開朗的語氣說了下去：

「果然很硬啊，看來要打壞場地不是那麼容易。」

沉重的腳步聲響起，Cyan Pile再次開始步行，藍色的巨大身軀就像要壓扁春雪般直逼到他的眼前。

「小春……小春，你操縱虛擬桌面的速度還是一樣快啊。剛剛我都只差按下對戰鈕的那一步，卻被你打斷了。」

「阿……阿拓……」

——真的……是你嗎？為什麼？什麼時候開始的？

你到底是從什麼時候當起超頻連線者的？

還沒問出翻騰在心中的疑問，Cyan Pile就繼續說了下去：

「真沒想到你竟然會當超頻連線者……真讓我嚇了一大跳。昨天我實在有點無法冷靜啊，畢竟我萬萬沒想到自己的知心好友會用這樣的方式背叛我，你說是不是啊，小春？」

「阿……阿拓……不……不是這樣，那是……」

春雪沙啞的聲音幾乎脫口而出的話，卻被金屬棒再次猛砸在牆上的巨大聲響覆蓋過去。

「……滋味怎麼樣啊，小春？在小千床上跟她直連是什麼滋味？擁抱她是什麼滋味？腦海裡想著我，手卻在小千的身體上游走，摸起來又是什麼滋味啊？」

那不是拓武——春雪沒有出聲，在心中這麼吶喊。

那不是我所認識的阿拓。阿拓不會說這種話，他隨時都那麼開朗，那麼陽光，從來不顯露出負面的情緒，拓武的個性就是這樣。

Cyan Pile是另一個人，一定別人在拓武的神經連結裝置上也植入後門，從遠端跟自己接觸。

春雪拚命想要這麼說服自己。

但就在同時，他感覺到了一種先前就有過的感覺。

他強烈地意識到之前和千百合直連，在她的神經連結裝置內發現病毒時，躲在裡頭睜大眼睛、豎起耳朵的不明人物，和現在眼前的藍色對戰虛擬角色身上濃烈散發出的感覺完全一樣。

而且這種感覺說不定就和他們三個都還是個小孩子時，拓武偶爾會對互相打鬧的春雪跟千百合投過來的視線是一樣的。

「阿拓……是你嗎？」

春雪從銀色面罩下所說的話是那麼尖銳而且強而有力，連他自己都覺得意外。

「是你在小百的神經連結裝置上放了病毒嗎？是你瞞著小百擅自偷看她的記憶跟視聽覺資訊嗎？」

「你不要說成病毒好不好？」

只見在春雪身前僅五公尺處停下腳步的巨大虛擬角色左手一攤，擺出唯一具有拓武風格的瀟灑動作。

「小千是我的女朋友，所以我當然會跟她直連，而直連就等於是把自己的神經連結裝置攤在對方眼前，這也表示哪怕會被對方繞開密碼認證，連裝置內的記憶都被挖出來，不管哪個檔案被對方看到、被安裝什麼樣的程式，都願意全盤接受。我有說錯嗎？小春，你不也……」

雖然春雪看不見Cyan Pile面罩下的臉孔，卻能感覺得出這張臉從面罩的橫縫下露出笑容。

「你不也跟小千直連，偷偷亂翻她的記憶嗎？而且你又不是她的男朋友，真正利用小千的善良，做出卑鄙勾當的人，應該是你才對吧？」

「這……這是因為……」

「你從以前就是這樣啊，小春。」

Cyan Pile準備以平穩的語氣說下去時，就看到一隻奇形怪狀的大型金屬蟲正要從他右邊的牆壁上爬過。

他以若無其事的動作舉起右手上的巨大尖針，輕而易舉地打穿了這隻蟲的背部。被釘在牆上的蟲子發出尖銳叫聲，拚命擺動無數的腳想要逃開。

「你從以前，而且是從很久很久以前就是這樣，一直對小千說你看我是不是很可憐？是不是很可悲？所以妳應該對我好一點，多理睬我一下。這些年來你一直對她這麼說，但你不是用語言，而是用態度、用眼神……不，應該說是用你的存在本身。」

噗滋一聲，現場響起渾濁的聲音，尖針沉入昆蟲殼內的更深處，綠色的體液飛濺出來，讓這隻虛擬的昆蟲掙扎得更加劇烈。

「女生這種生物實在是讓人搞不懂啊。當嘴上不停抱怨的她，牽著你的手拉著你走時，看起來比我牽著她時還開心。她從以前就是這樣，唯有照顧你、幫你打理生活的時候，才看起來一臉幸福……你有發現嗎？小千不管到哪裡去，身上都一定會帶著毛巾材質的手帕，這當然是為了幫很會流汗的你擦汗。」

啪嚓！

一道駭人的聲響響起，昆蟲遭到粉碎，濃綠色的外殼和肢體隨著黏液四散開來。

春雪半醒半茫然地朝著尖針上還滴著昆蟲體液的Cyan Pile問道：

「就是因為這樣嗎……？就是因為這樣，你才會在兩年前對小百表白？弄得好像……等不下去似的……」

「不是好像，而是我真的等不下去。想說要是這樣放著不管，小千多半會一輩子照顧你，就像你以前存的陳年漫畫劇情般對你說：『你少了我就不行，所以我就大發慈悲跟你結婚吧。』——啊啊，說不定連那套漫畫也是你有預謀用來誘導小千的？」

「哈哈哈哈。」Cyan Pile的笑聲聽似開心，卻又像是加上了失真回音特效般虛假。

不對，不是這樣——

拓武，你錯了。千百合照顧沒出息的我，絕對不是在享受這種過程，她是真的十分苦惱而且掙扎。

可是春雪不明白這個想法要怎麼說出口，才能讓拓武聽進去。因為如果只看事情的表面，拓武所說的話就某個角度而言的確是事實。

Cyan Pile朝著站在原地不動的春雪又跨出了一步。

「兩年前小千選了我，那時候我真的很高興，我以為她終於懂了，我以為她終於理解與其為了照顧你而吃苦，還不如待在我身邊。因為這才是所謂……正視現實的判斷，對吧？」

「正視……現實？」

「『我們又怎麼可能永遠都當個小學生呢？』你說是不是啊？」

那是春雪昨天對千百合所說的話。Cyan Pile就像要徵求他的同意般，將染成綠色的金屬尖針前端舉向天空。

「小千也是個女生……不，應該說是個女人，總有一天她會發現有個可以對朋友炫耀的男朋友，有一段幸福的婚姻，有不虞匱乏的生活，會遠比跟你在一起要來得『幸福』。所以我也很拚啊，你玩那些無聊遊戲或是睡懶覺時，我拚命念書才考進現在這間學校，而且還每天跑步鍛鍊身體。」

「你……說這些是真心的嗎？」

春雪還沒有理清思緒，就幾乎出於反射性地這麼喊了出來：

「你真的以為小百選了你是因為打這種如意盤算嗎！」

「我不喜歡如意盤算這種講法啊，那只是看待事情的方法比較公平而已。」

Cyan Pile又呵呵笑了幾聲。

「小千有權利得到幸福，她有權利跟成績是全學年榜首，在劍道方面還拿到東京都大賽冠軍的我交往，並且得到幸福。」

「……」

春雪銳利地深深吸了一口氣。

那個人果然不是拓武。

他怎麼想都不認為這是拓武的本性，也不想這麼認為。一定是有什麼原因扭曲了拓武。

然而春雪跟千百合之間的關係也是原因之一。儘管千百合與拓武交往，心思卻一直放在春雪身上，相信這點也確實逼急了拓武。

不過——有個東西卻對拓武造成了更大的改變，這個東西多半就是……

「……應該不是這樣吧，阿拓？」

春雪抬起銀色面罩下的頭，筆直望向Cyan Pile銳利的眼睛。

「不管是全學年榜首還是冠軍頭銜，都不是靠你自己的力量爭取到的，你是靠著BRAIN BURST……靠「加速」的力量。到底是什麼時候開始的？你從什麼時候開始成了超頻連線者？」

一陣沉默籠罩這座煉獄場地好一陣子。

成群的小蟲從腳邊慢慢爬過，不時還有生物般的熱氣從牆上的皺摺縫隙噴出。

從1800開始倒數的讀秒，眼看就要經過兩百秒了。就在百位數的數字變成5的同時，Cyan Pile說話了……

「是我自己的力量。」

說完便將右手尖針筆直對準了春雪。

「『加速』是我的力量。從還是個嬰兒時期開始，我就整天泡在教育軟體裡，培養出使用這個程式的資質，所以那當然是我的力量！我當上超頻連線者，還只是一年前的事情。劍道社的主將就是我的『上輩』……他是『青之王』的左右手。他很期待我，因為我是親衛隊的候補生。但……」

鏘——！

大動作揮動的右手，在牆上刻下了好幾道巨大傷痕。

「到現在！到現在你才當上了超頻連線者？你以為這樣就可以跟我對等了嗎，小春？難道說你靠『加速』能力有了自信，所以要把小千從我身邊搶回去？不行啊，小春。你贏不了我，不管是功課、運動，還是小千的心意……而在這個加速世界裡，當然也不例外。我會讓你知道，讓你知道我的實力……讓你那瘦弱的對戰虛擬角色充分體會到這點。」

Cyan Pile的雙眼迸出了駭人的精光。

他是認真的——拓武是真心要開打。

春雪心中還存有只要好話說盡就能讓他聽進去的想法。他想要對拓武說清楚千百合的真心，還有自己的真心。他不想做這種爭執。

一旦春雪在這裡落敗。

Cyan Pile多半就會找Black Lotus對戰，並且從失去意識的她身上撈走點數。那一瞬間，黑雪公主將失去所有點數，同時也會喪失加速能力。

唯有這件事不能讓他如願，無論如何也要阻止這件事發生。

「阿拓，你的確很厲害，功課好、運動在行、長得又帥。我沒有的東西你全都有了。」

春雪低著頭，壓低音量說道。

但緊接著又抬頭正視Cyan Pile，以銳利的聲音大喊：

「可是你是個笨蛋，你是個大笨蛋！」

「……你說什麼？你說我笨？」

「沒錯，所以你贏不了我！你忘了嗎？從以前就是這樣，不管玩什麼遊戲，你有哪一次贏過我嗎？」

「……小春，小春。」

他說話的語氣中摻雜著笑聲，聽起來卻咄咄逼人。

「那，此時此地……你就要失去你最後的尊嚴了！」

咚的一聲，Cyan Pile的靴子踹向地板。

將近兩公尺高的巨大身軀以不相稱的驚人速度拉近距離。

但比起Ash Roller的機車衝鋒，終究還算緩慢。

要從他身邊溜過去，接著轉進到更寬廣的地方。入口大廳……不對，屋頂比較好。

春雪將意識集中於Cyan Pile的右手上。對手屬於近戰型，只要不踏進他手上尖針的攻擊範圍，就不會受到損傷。

春雪先看準Cyan Pile做出右臂後拉的動作，自己才開始衝刺，想從另一邊溜向對方身後。

看來這幾乎可說是Silver Crow唯一優點所在的速度，連對方都沒有料到。只見他略顯驚訝中，右臂畫出一道弧線伸了出來。

——躲得過！

春雪預測攻擊軌跡的同時放低了身段，準備從Cyan Pile的左腳腳邊溜過。

嗤咻！

這時卻響起一道出乎意料之外的聲響。

就在瞪大眼睛的春雪視野角落——構成Cyan Pile右手的粗大管子後端開始噴出火焰。

而那閃閃發光的極粗尖針，就從前端以肉眼看不清楚的速度發射出來。

那看來並非遠程武器，只是有著可以伸長到兩倍長度的機關。但光是這樣，增加的間距就足以捕捉到Silver Crow。

啪鏘，春雪聽到一道不悅耳的破壞聲響沿著自己的身體傳了過來。

同時他感受到一陣衝擊，以及令人麻木的鈍痛。

春雪看到鐵針的尖端貫穿了自己的左手肘，整條手臂從該處截斷。

他這才想起「Pile」就是「尖樁」的意思。

拖著火花落在地板上的手臂，立刻化為千百塊碎屑四散消失。

只是區區一招，就讓視野左上方的體力計量表減少了將近三成。

然而春雪根本沒有心思惋惜這麼快就損失慘重。就連他失去平衡，藉由背部在走廊牆壁摩擦的緩衝才沒有摔倒的當下，還看到Cyan Pile挺出的右臂上伸出的兇惡鐵針——不，應該說是鐵樁——再次收回發射筒中。

當鐵樁重新裝回發射筒的瞬間，顯然會再度展開那波可怕的攻擊。

攻擊的屬性多半是「貫穿」。

金屬色的Silver Crow對於這種屬性的攻擊應該具有抗性，但卻一擊就被扯下一隻手，不知道這是因為剛剛那一下打中了關節最脆弱的部分，是等級差了三級所造成的能力差別，還是單純出於Cyan Pile的實力？

只在短短一瞬之間想著這些念頭，春雪就重新站穩姿勢，奮力一跳拉開了距離。

接著頭也不回地全力朝入口大廳衝了過去。

「哈哈哈！怎麼啦？小春，一開場就夾著尾巴逃走喔？」

在背後傳來的扭曲笑聲驅趕之下，春雪一衝進大廳就立刻讓視線掃動四周。

排列在候診空間的長椅，宛如中古世紀拷問器材般變成了帶刺的鑄鐵工藝品，右邊的櫃臺則灑上了生鏽的鐵絲網，裡頭當然空無一人。

而櫃臺更深處，出現了他要找的東西──電梯門。

在「世紀末」場地不允許進入建築物內部，當然電梯也不會運作，然而這個「煉獄」既然有詳細地重新建構室內場景，說不定就可以搭乘電梯。

春雪跑了過去，在變成牢籠狀方格柵欄的電梯門旁，找到骷髏造型的按鈕，抱著祈禱的心情拍下去。這一拍就立刻聽到喀鏘兩聲沉重的金屬聲響，柵欄也往左右分開。春雪握住右拳叫了聲好。

Cyan Pile沉重的腳步聲分分秒秒都從後方逼近。

一衝進狀似單人牢房的電梯包廂，他就立刻以右手連續敲打刻著R字樣的按鈕。快點！快點動啊！

就在柵欄以吊人胃口般的緩慢速度關上，他突然聽到鏗的一聲，一個物體打在了門上。這個從寬度大約五公分的方格空隙中探出頭來的物體，是閃閃發光的銳利鐵樁尖端。

「……！」

春雪強忍著沒有叫出聲來，想也不想就往後跳開，整個背直貼到牆上。

鏗！

鐵樁發射之際微微擠開了柵欄，直伸到Silver Crow扁扁的腹部前面幾公分才停住。

就在兇惡的光輝慢慢拔出的同時，電梯這才震動得喀啷作響，開始上升。

「哈哈哈！哈哈哈哈哈！」

春雪用力跺了跺右腳，踢開了從腳邊緊追不放的大笑聲。

跌跌撞撞來到屋頂上的春雪用力喘氣，讓視線在四周掃過一圈。

「……」

接著忍不住瞪大眼睛。

「煉獄」場地的天空充滿了令人不舒服的黃色光線，有如生物般黑濁的雲朵在空中扭動。周圍那些原本屬於杉並區核心部分的街景，都清一色地換上了生物般的奇怪外型，發出鐵鏽般的暗紅鏽色光澤。

遠方可以看到一群長矛般的尖塔，想來應該記是新宿都廳跟周圍的高樓。

就在春雪想著真不知道這個場地到底有多大時，忽然發現一件事，當場憋住一口氣。

裡頭有人。

不，要說是人，輪廓未免太奇特了。這些輪廓在周圍各棟比醫院高的建築物屋頂上三三兩兩地並排站立，低頭看著春雪。一群陌生的超頻連線者——是觀眾。

一瞬間他震驚地心想：為什麼會有觀眾？轉念一想才總算明白。

春雪本身固然沒有跟全球網路連線，但另一個對戰者拓武則多半在即將開始對戰前，先連上了全球網路。春雪不懂他為什麼寧可冒上獵物被人搶走的風險也要做出這種事。但總之被他這麼一搞，這個場地就變成對外開放，有事先登錄要自動觀看Cyan Pile跟Silver Crow的超頻連線者，自然也就會出現在這裡。

但不管有沒有觀眾，狀況都沒有太大差別。

視野中顯示的藍色箭頭游標正微幅震動，開始改變方向。Cyan Pile也同樣搭著電梯往屋頂上前進。

春雪先在廣大的屋頂上移動了十公尺左右，才轉身面對電梯的門。這個地方不同於走廊，有足夠的空間可用來閃躲。

他也已經親身體會過了Cyan Pile的鐵樁攻擊間距，只要留意右臂的動作，應該就有可能躲開。不要怕，我非贏不可。

就在這麼說服自己的春雪視線所向之處，電梯鏗啷一聲停住，門緩緩往左右分開。

Cyan Pile讓幾乎塞滿電梯包廂的巨大身軀擠出門框，一腳踩上屋頂的地板，面罩橫縫下的雙眼發出了淡淡的光芒。

「……原來如此。你以為在這裡就可以搞到處閃來閃去的打帶跑戰術是嗎？小春……不，應該叫你Silver Crow。」

「畢竟你的個子在樓下實在太擠啦。」

「啊哈哈，沒想到竟然會輪到你對我說這種話啊。」

Cyan Pile用喉嚨哼哼笑了幾聲，倏地開始前進。

春雪放低姿勢，計算間距。

這小子應該還沒有掌握清楚Silver Crow的速度，自己唯一的勝機就在這裡。無論如何都要趁對方的眼睛習慣自己的速度之前設法取勝。

就在沉重的靴子踏出第四步，即將踩上地面之際，春雪全力朝地板一踢。

「咻——」空氣在耳邊呼嘯而過，藍色的高大身軀瞬間接近眼前。

Cyan Pile的右臂開始進行瞄準，並跟向筆直衝來的春雪。

——就是這裡！

春雪忽然間左腳一定，轉往右路行進。嗤咻一聲，隨著咆哮聲呼嘯而過，鐵樁以超高速擊發出來。要等看到發射之後才做出反應幾乎是不可能，但只要在對方出招前預判命中判定的範圍——就躲得過！

春雪畫出弧線繞到Cyan Pile的左側，而鐵樁的前端就在幾乎碰觸到他左頰處停住。春雪的臉頰上傳來一陣燒焦般的灼熱感，同時右腳猛力往地板上一踹——

「喝……啊！」

揮起右拳打在對方空門大開的側腹部上。手上傳回咚一聲紮實的手感，藍色的巨大身軀跟著一晃。

還行——還可以繼續！

Cyan Pile想要轉過身來面對他，而春雪則像追著他的背部跑般又衝了一步，這次改以右旋踢踢在對方的左小腿肚上。看到對方腳下一軟，立刻補以左膝頂向背脊正中。

咚的一聲，傳來沉重震動，對方巨大的身體彎成了く字形。

Cyan Pile踩著搖搖晃晃地腳步拉開距離，忿忿地說了：

「嗚……看……看樣子你玩遊戲的本事果然高竿啊，小春。可是，這種輕飄飄的攻擊對我不管用……！」

春雪勉強避過猛力揮來的左拳，順勢扭轉身體，將右腳跟埋進了對方露出的脖子上。

「嗚嗚嗚嗚嗚！」

拓武的嗓音形成不成聲的慘叫；春雪則充耳不聞，繼續展開連打。

不只是雙腳跟右拳，就連斷掉的左手都用了上去，展開毫不間斷的連段攻擊。

不知不覺間，連自己的口中也發出了近似慘叫的叫喊：

「你這個……笨蛋！大笨蛋！小百她！小百根本就沒有要在你身上找什麼學年榜首，什麼都立大賽優勝之類的鬼玩意！」

春雪把對方勉強踢出的一腳前踢當成踏台高高躍起，抓住Cyan Pile的面罩，用自己的銀甲安全帽猛力撞了過去。

這時響起啪的一聲破碎聲，部分藍色面罩就此粉碎散落。

Cyan Pile失去平衡，背部倒在地板上，春雪騎上了他的胸口，繼續用右拳連打。

「小百她要的，就只是希望你可以繼續當你自己！讓她只看著過去，讓她想回到過去的人，就是你自己啊，拓武！就是我們三個人之中唯一有所改變的你！」

春雪喊出這段話並沒有經過思考，完全是任由激情驅使。

他一喊出這番話，Cyan Pile的雙眼就從裂開的面罩下發出了令人不寒而慄的強烈冷光。

「你不要……太得意……」

Cyan Pile粗壯的雙臂忽然交叉於胸前，像是要保護自己。

但春雪並沒有立刻發現這並不是防禦動作。

「不要太得意忘形啦啊啊啊啊啊啊！」

就在雙臂左右張到最開的同時，Cyan Pile從胸部到腹部的護甲上應聲伸出了十支以上極為尖銳的鐵樁。

怎麼回事？不妙——得快閃——

然而就在春雪雙腳踹向地面準備跳開的那一瞬間——

「——『飛針四射』！」

咚咚咚咚！

隨著一陣重機槍連發般的聲響，無數鐵樁從極近距離射向春雪。

「嗚喔喔！」

總算勉強躲過飛向頭部和胸部正中央的鐵樁，但緊接著左肩、左側腹以及右膝都受到了一陣劇烈的衝擊，讓春雪就像條破抹布般被打得高高飛起，整個背部重重摔在屋頂的地板上。

「嗚……嗯……！」

一團摻雜著慘叫的空氣從喉嚨擠壓出來。視野迸出火花，沉重的悶痛竄過全身。要說這是神經連結裝置所施予的虛擬傷害，實在讓人難以置信。

剛剛那下——到底是怎麼回事？

春雪右手撐地，勉力抬起上半身時，就看見視野前方的Cyan Pile已經搶先一步慢慢爬起。

「哼……哼、哼哼哼哼。」

藍色面罩下傳來一陣宛如螺絲鬆脫般的短促笑聲。

「哼哼哼哼，你……玩這些花拳繡腿還玩得挺起勁的嘛，我還真的有點嚇到了。可是……

你終究只是一隻煩人的小蟲子，剛剛那一陣等於是特地幫我集滿了必殺技計量表。」

「必殺……技……」

春雪自言自語，同時仔細看了看視野上方的計量表。

往左右延伸的兩條較粗的長條是體力計量表，Cyan Pile大概剩下六成，春雪一陣連打對他造成的傷害，並不像他講得那麼輕；然而由於春雪被剛剛的散射鐵樁打了個正著，體力已經只剩三成左右。

而兩人的體力計量表下方，另有一條較細的綠色計量表。

Cyan Pile的計量表有七成左右的長度還發出明亮的色彩，相較之下春雪則幾乎接近全滿。

「喂喂，Silver Crow，你不要說得好像第一次聽到這回事好不好？」

Cyan Pile哼哼笑了幾聲，同時慢慢前進。

「必殺技的你來我往才是『對戰』最精彩的地方。剛剛的『飛針四射』是我的2級必殺技，很適合用來打下煩人的小蟲子吧？唉呀，說到這裡，你的計量表不也集滿了嗎？請請請，你也不用客氣，想用就儘管用吧。」

春雪咬緊了牙關。

程式所賦予Silver Crow的必殺技，就只有幾乎沒有攻擊距離可言的「頭錘」，實在無法對抗Cyan Pile那種射程頗長的必殺技。而且這招不但準備動作拖很久，還一看就知道是在準備必殺技，無異是叫敵人在準備階段儘管攻擊自己。

該死……我才不需要靠什麼必殺技。我有拳擊、踢擊，還有速度。

就在視野的搖晃情形消退的同時，春雪迅速起身，將力道灌注於右腳。

但聽到的卻是喀啦一聲駭人的毀壞聲響。

以及自己的身體再次撞上地面的金屬聲響。

他趕忙朝下一看，目光所向之處，看到的卻是被散彈鐵樁貫穿，從膝蓋部分開始粉碎斷落的銀色右腳——

「啊哈，啊哈哈哈哈哈！」

Cyan Pile以刺耳的音量放聲大笑。

「你的腳斷掉了耶！怎麼這麼脆弱啊！你這樣也算是金屬色的？」

這句話並未傳進春雪的意識。

糟了，事情不妙了！

一旦失去一隻腳，就再也無法奔跑。別說是閃躲或衝刺，甚至連簡單的移動都會出問題。

悄悄逼近的恐慌情緒讓他全身冰冷。

不妙，不行，我不能在這裡輸掉。我絕對要保護學姊。

咚。

春雪斷掉的右腳宛如玻璃般脆弱，被不遠處踏下的靴子一腳踩碎。

抬起頭來一看，一對發出青光的眼睛微微瞇起。

「……到頭來還是會變成這樣啊，小春。」

這句話說得輕聲細語。

「還是這個樣子最適合你。可是你明明沒什麼本事，剛剛卻還大放厥詞，說得好像只有你一個人了解小千般的，不是嗎？」

「……我是很了解，至少比你了解。」

「那你又了解我嗎？你有稍微為我著想過嗎？當我知道每次跟小千獨處，她突然一臉難過的表情……是因為她在想著你時，我又是什麼樣的心情，這點你有為我著想過嗎，小春？」

Cyan Pile——拓武頓了一下，將臉湊了過去，說出決定性的一句話：

「就是因為你老是這樣。」

他說話的聲調甚至顯得溫和，但這句話卻像是一根巨大的鐵樁，深深刺進了春雪的胸口。

「就是因為你老是這個樣子，我跟小千才會陷進你這個泥沼裡面脫不了身。小春，求求你消失吧，放我跟小千自由。」

咚。

這一步則用靴底踏上了春雪沒受傷的另一條腿。

Cyan Pile猛然挺直上身，高高舉起右臂上的發射筒，用尖端在空中劃出了複雜的軌道。緊接著從發射筒到肩膀的部分，就籠罩於一陣耀眼的藍光中。

隨著一道突如其來的沉重聲響，發射筒的厚度擴充了三倍。

從光芒中探出頭來的，是一個前端十分平坦的巨大鐵鎚狀物體。

鐵鎚的鎚面，對準了不但不能動，甚至無法進行思考的春雪。

「好了——小春，我們該結束了，結束這一切。」

無論這場對戰，還是我們那虛假的友情都不例外。Cyan Pile的雙眼是這麼宣告的。

緊接著，鐵鎚的前端就發出了驚人的強光。

「——『螺旋重力鎚（Spiral Gravity Driver）』！」

鐵鎚在一陣彷彿無數齒輪運轉的機械聲響中擊出，春雪拚命想要躲開，但一隻腳被靴底穩穩踏住，讓他根本無路可逃。緊接著巨大的鐵鎚就壓扁了春雪的胸部。

白銀裝甲碎裂的尖銳哀嚎，與背後地板遭到粉碎的重低音形成了二重奏。

春雪甚至發不出叫聲，就隨著地板一同被打到樓下，猛力撞在下面一層樓的地板上。

然而鐵鎚卻沒有就此停住，而是頂著春雪繼續穿透這層地板——

砰、磅、咚！

一路上接連發出幾聲破壞聲響，貫穿整棟醫院的五個樓層，將春雪砸得陷進一樓地板才總算停止。

啪滋。啪滋。

一片朦朧的黑暗中，只見視野左上方有個紅色的光點在閃爍。

春雪足足花了好幾秒，才發現到那是已經減少到不到一成的體力計量表。

Cyan Pile的鐵鎚似乎為了沒能打掉整條計量表而感到懊惱，還陷在春雪的胸口上好一會兒。但不久就做出逆向旋轉，慢慢拉回鐵鎚。

當鐵鎚留下許多磚瓦碎屑離去，在春雪的眼前留下一個通往遙遠屋頂的小洞。從洞口的另一端隱約可以聽見Cyan Pile說話的聲音。

「唉唉唉，不小心讓血條剩下一點點了。但沒關係啦，反正只剩五、六分鐘，還來不及下去找來解決掉，時間應該就到了吧。而且之後還得挑戰最重要的『頭目討伐戰』──好了！」

他說話的聲調變了。那是一種像是志得意滿──卻又帶著幾分討好的聲調。

「不知道各位觀眾有沒有看清楚啊！尤其是藍色軍團的各位！我還有用得很呢！再上去的『無限戰場』我也一樣派得上用場！只不過因為點數用得太快一點就要放棄我，這樣豈不是太可惜了嗎？」

阿拓──拓武……你……

春雪就像壞掉的玩偶般倒在昏暗的洞穴底部，感覺火熱的液體流過臉頰。那是他的眼淚，但是他並不清楚自己究竟為何而哭。

眼淚或許是為了那不知不覺間毀壞，如今已然完全喪失的某種重要事物而流。

這場戰鬥他不能輸。為了春雪自己、為了拓武、為了千百合——更為了黑雪公主，他無論如何都得獲勝不可。

春雪懷抱著莫大的懊悔之痛慢慢起身，龜裂的裝甲宛如雨點般從全身灑落四散。

再站起來也已經沒有意義。為了接受決定性的落敗，回到得知BRAIN BURST以前的自己，春雪在原地抱住膝蓋，準備坐等剩下的時間倒數到零的那一瞬間。

就在視野即將封閉之際。

昏暗的房間角落裡。

她的身影有如幻影般浮現出來。

那是一張以黑色荊棘編織而成的床。

一道纖細的身影躺在床上，被無數盛開的漆黑花瓣團團包圍。

鑲銀邊的黑色禮服比夜晚還要漆黑，一旁則放著把陽傘。一頭散開的黑髮烏黑亮麗，雖然身在黑暗中，肌膚仍然比雪還要白皙透亮，長長的睫毛低調地垂下。

我看到的是幻影嗎？

儘管有了這種想法，但春雪還是拖著斷掉的右腳，慢慢地，慢慢地來到這張荊棘床前。然而不管靠得多近，黑雪公主的虛擬角色都沒有一揮即散的跡象。

右手撐到床邊，扶住幾乎倒下的身體，春雪這才想通是怎麼回事。

這裡，這個地方，就是現實世界的急診室中讓黑雪公主接受治療的微型機械病房。

而黑雪公主的神經連結裝置持續和院內網路連線，所以春雪一開始加速對戰，自動觀戰模式就會啟動，將她也帶進了這個場地。

「學姊……」

春雪以沙啞的嗓音自言自語，同時伸出殘破不堪的右手，輕輕碰了碰黑雪公主的臉頰。眼淚和話語就像從心中潰堤而出的洪水一樣，一波又一波不停溢出。

「我……我沒能保護妳。沒能保住妳的夢想，妳的希望，更沒能回應妳的期待。」

從已經碎裂一半的安全帽縫隙中滴下的眼淚，一滴一滴落到了黑雪公主的臉頰上，散成極小的光點消失無蹤。

「我一直以為……自己可以改變。可以靠著妳的話、靠著妳對我的好、靠著妳對我的心意改變……可是結果還是不行。這不是虛擬角色的錯……這個虛擬角色的設計反映出來的，多半就是我的『放棄』。讓這個身體，讓Silver Crow變成這副德行的人是我，是這些年來不肯抬頭看天空，老是低著頭在地上爬的我。」

春雪輕輕彎下腰去，求救般的抓住黑雪公主的肩口。

「我好想過去，到妳所在的地方……到那片妳張開翅膀輕舞飛揚的遙遠天空。那片天空又高……又遠……可以擺脫這泥沼般的現實……我好想跟妳一起……」

在一陣嗚咽聲中，春雪擠出了最後幾個字：

「展翅高飛。」

——噗通。

這時彷彿像在呼應他的話語般，響起了一道微弱的聲音。

噗通。噗通。

聲響是來自跟春雪的臉頰碰在一起的黑雪公主胸口。這陣來自她胸口中央的聲響又小又微弱，但卻紮紮實實形成了節奏。是心跳。

處於加速狀態的現在，不可能聽得見現實世界中的心臟跳動聲，但又不可能是幻聽。春雪拚命想要聽個清楚，聽得入神之際，忽然領悟到了這是怎麼回事。

這道聲響是發自黑雪公主的意識。現在黑雪公主正拚命對抗死神，在死亡深淵的邊緣拚命想要站穩腳步。就是堅強的意志化為心臟的鼓動，迴盪在虛擬的戰場上。

「沒錯……」

春雪自言自語地說出這句話，同時另一股熱淚又奪眶而出，滴了出來。耳邊微微響起了先前黑雪公主對他說過的話。

——所謂的頑強，絕對不是單指最後獲得了勝利。

我根本就不了解強悍這個字眼的意義。明明一無所知，卻擅自羨慕、放棄。

「強悍不單只是贏得『勝利』……」

哪怕過程再難看，再滑稽，哪怕最終還是落敗，輸得爬不起來，一敗塗地。

黑雪公主——Black Lotus她，仍然在與諸王的死鬥中活了下來，長達兩年的時間裡都蟄伏在狹小的區域網路中。然而這並不是因為她卑鄙，也不是因為膽小，而是因為她沒有放棄，因為她絕對不低頭。

「一切只是為了『抗爭』，哪怕倒在地上，也要繼續看著天空……只有這種精神才是強悍的象徵，妳的意思就是這樣吧……學姊？」

她沒有回答。

然而春雪卻清楚地感受到在自己胸口的深處，也產生了一陣強而有力的鼓動。

心臟的脈搏化為訊號，驅動大腦。

同時對靈魂，對意志，對在逆境中搏鬥的精神加速。

只要胸口還聽得見跳動聲——

「我，就還站得起來……就還能打！」

春雪對著自己，同時也對黑雪公主大喊。

右手抓穩床邊，左腳灌注力道，搖搖晃晃地站了起來。

微小的碎片從閃著亮光的身體上跌落，然而從胸中產生的一股熱流卻流遍四肢百骸，劇烈顫動。

忽然間——

幾道強烈的白光從裝甲的裂痕中迸射而出。

同時感覺到背面有一大塊裝甲碎裂迸開。春雪瞪大眼睛，仰起了上半身。

就在眼前不遠處的牆邊，有一面巨大鏡子。這面鏡子在現實世界裡也許是連接到隔壁監控室的單面透光玻璃，而現在則化為跟病床同樣有鑲著黑色鑄鐵荊棘的巨大穿衣鏡。

就在鏡子的中央，照出了荊棘鑲邊的床、躺在上面的黑雪公主，以及自己站起的身影。

全身的裝甲破損得慘不忍睹，左手跟右腳都斷了半截，胸口則有著極深的放射狀裂痕，龜裂甚至延伸到了背部，看樣子破碎聲就是從這裡發出的。每當細小的火花迸出，就有一些裝甲碎成小塊飛散——

「……？」

春雪茫然地望著某種發出白色光芒的物體，從背上往左右緩慢地延伸開來。

這物體看起來像是銳利的三角形金屬片。是劍——？

想到這裡時，唰的一聲，兩片延伸到了極限的金屬片發出清脆聲響張開，形成兩個半圓形。折疊起來的金屬片以最早出現的劍狀突起為支點，兩邊各自張開將近十片的金屬片。

這——不是武器……

——是翅膀。

春雪茫然若失的時間還不到一秒。

好燙！

整個背部感受到一陣劇烈熱氣，讓春雪幾乎是以彈跳撐起身體。

全身就像承受了劇痛而扭動，以膝蓋撐著地面搖搖晃晃地退後幾步，用手抱住肩膀縮起了身體。

「——！」

不行了，再也壓不下來了。

就在春雪全身弓起，視線轉往正上方之際——

他看到了短短幾十秒前，自己在建築物上撞穿的巨大孔洞，接著更看到了這又黑又深邃的

空間遠方小小的黃色光芒。那是一條通往遙遠天空的迴廊。

有人在呼喚我。

春雪在無意識中做出動作，高高舉起已經碎裂的左手，並將完好的右臂縮回腰際。感覺得到在肩胛骨前端肆虐的能量一口氣增加了密度，開始進行壓縮。

春雪一瞬間先將視線拉回，朝躺在床上的至愛身影看了一眼。

接著再次凝視上方。

「——給我、上啊啊啊！」

隨著這聲吶喊，他筆直挺出右臂。

轟！

在一陣爆炸般的衝擊聲響中，一道銀光撕裂了黑暗。

僅僅一瞬間，他的身體就宛如射出的飛箭般直線飛向空中。

每通過醫院一層樓，就聽見空氣在耳邊呼呼作響。

銀色的虛擬角色只花短短幾秒就貫穿整條陰暗的迴廊，從屋頂上穿出的大洞飛了出去，繼續飛往更高更高的天空。背後的金屬翼片發出尖銳的高速震動聲，這股能量有如排山倒海般對他小小的身體加速，輕而易舉地切斷了虛擬的重力束縛，永無止境地推著春雪向上直飛。

就在往上伸出的右拳碰到厚重雲層的瞬間，啵的一聲輕響，雲層立刻被推開，形成一個圓形的洞。

通過這條黑色的隧道繼續上升的春雪，視野中充滿了淡黃色的耀眼光芒。

貫穿雲海之後，春雪張開雙手雙腳放慢了加速。尖銳的震動聲響降低了頻率，換來了一種就像飛機剛完成起飛時那種輕飄飄的飄浮感。

春雪以平緩動作懸停的同時，身體也轉了一圈。

「……啊啊……」

他忍不住發出了摻雜讚嘆的呼氣聲。

眼底是一片超乎想像的光景。從翻騰流動的雲海縫隙之間，整片顏色黯淡的巨大都市一覽無遺。扭成螺旋狀的大群尖塔是由新宿副都心變化而成，更深處的那片深邃森林，以及一座有如魔城聳立在其中的建築物，多半就是皇居了。

朝反方向一看，則可以看到從杉並往三鷹、八王子方向的市街一路延伸過去，遠方有著奧多摩群山，位在深處、貫穿雲海聳立的險峻高峰，想必就是富士山。

春雪最後往南一看，將一片閃閃發光的灰色平面捕捉到了視野中。

海。那是東京灣，以及——一望無際的太平洋。

那就是無限。

「這個世界……是無限的……」

春雪一邊自言自語，一邊慢慢地，慢慢地開始下降。

從背部沉入雲海，穿透雲層底部，一路接近地上。

降到可以看清楚市街細節的高度，春雪又一次用力震動金屬翼片，再度展開懸停。

恢復姿勢的春雪正下方僅僅三十公尺處，就是醫院的屋頂。

先前覺得那麼廣大的對戰場地，現在看起來卻小得可以用雙手夾住。同時他還在屋頂中央穿出的巨大洞口邊緣，看到了一個藍色的巨人抬頭仰望自己的身影。

Cyan Pile失魂落魄地看著春雪，幾乎整整有三秒之久。

他微微舉起左手，差點流露出乾澀的嗓音。

「小……小春……」

但他的話卻被一陣忽然間爆出的轟然聲響覆蓋過去。

那是人的喊聲。是那群在醫院外圍建築物屋頂上占好位置，觀賞Silver Crow跟Cyan Pile對戰的觀眾，不約而同地喊了出來：

「都沒有……都沒有掉下來耶？完全停在空中了！」

「那不是跳躍……他在飛？不會吧？」

「是『飛行能力』……終於出現了，你們看他的翅膀！那是『飛行型虛擬角色』！」

春雪不明白為什麼觀眾會這麼興奮。就在他啞口無言的俯瞰之下，多達數十名的對戰虛擬角色中，有人朝更高的地點移動，有人則在操作介面上動著手指。

「資料裡沒有？那小子是哪裡來的什麼人？屬哪個軍團、帶他的『上輩』又是誰？」

「總、總之先跟總部聯絡再說！你趕快下線去回報！」

「開什麼玩笑！接下來的部分我怎麼能錯過！」

這陣有如蜂巢受到驚擾般的騷動，是在一聲忽然喊出的淒厲吶喊聲之下才平息。

「哦……哦哦哦哦哦哦！」

Cyan Pile四肢外張，大聲吼叫。一陣撼動大氣的震動直傳到遙遠上空的春雪身上。

「不可以！不可以不可以不可以不可以不可以！」

嗤咻一聲，響起機械般的聲響，右臂的發射筒筆直對準春雪。

「你！就只有你！不准你低頭看我！」

那是一聲嘔血般的吶喊。

同時響起尖銳的金屬聲，裝填好的鐵樁灑出了好幾道光芒。

Cyan Pile跨步沉腰，擺出左手扶在發射筒上的姿勢，必殺技計量表剩下的四成長度一口氣全部消失。

這多半就是Cyan Pile的最終攻擊，而被這招瞄準的春雪則仍然懸停在同一個點上不動，輕輕舉起右手，用力握緊了拳頭。

春雪直到現在才領悟到程式賦予自己的真正「必殺技」。

「拳擊」以及「踢擊」。

這些攻擊可以只是普通招式，但同時也是必殺的超攻擊。

春雪將握緊的拳頭大幅度往後拉，每一片翼片張開到極限，改變了身體面對的方向，筆直朝向眼底的Cyan Pile。

「……下來吧！『雷霆快槍（Lightning Cyan Spike）』！」

大聲喊出招式名稱的同時，Cyan Pile從右手發射出化為一道光線的鋼針。

相較之下，春雪則只是握緊拳頭，解放了雙翼的所有推進力。

「唔……哦哦哦哦哦哦哦！」

轟！

Silver Crow的身體就像火箭點火般，化為一顆光彈衝了出去。

在視野的左上角，可看到綠色的必殺技計量表已經開始一口氣遞減，同時籠罩在右拳上的白光則無止盡地不斷增強。

「小春！」

拓武大喊。

「阿拓！」

春雪也同樣大喊。

超越BRAIN BURST加速之上的「超加速」感從背後湧來，籠罩春雪全身。

世界的顏色變了。

Cyan Pile的藍槍從地上直衝而來，而春雪確實看見了槍尖的光輝。預測的彈道就像幻影般在視野中浮現出來。

招式如其名，快如電閃，但春雪靈魂的速度卻又凌駕在其上。那是由黑雪公主所發掘，而她也堅信不移的真正「加速者」的力量。

看得到……我看得見軌跡，學姊！

春雪以念力發出叫喊。

長槍的速度不斷變慢。

相對的，Silver Crow則彷彿整個存在都化為一道光，無止盡地繼續加速。

兩者接近進而交錯——就在這一瞬間，春雪將衝鋒的軌道微微往右偏開。

唰！

長槍掠過安全帽的左側面，擦出了劇烈的火花。

緊接著——

春雪的「拳擊」深深貫入了Cyan Pile胸口正中央。

隨著一聲轟隆巨響，兩人化為一體，在屋頂地板上拖出一道極深的車痕直飛出去。

兩人猛力撞上鐵槍組成的柵欄，將柵欄撞得粉碎，飛上了空中。

「嗚……哦哦哦！」

春雪大吼一聲，張開金屬翼片。

一陣強而有力的上升力量籠罩全身，春雪的整隻右臂仍然埋在Cyan Pile身上，就這麼帶著他將軌道往上轉，不斷往高處上升。

短短幾秒就貫穿了雲海，飛上了黃色的天空。

就在放緩加速而轉移到懸停之際，被這一拳衝擊打得一瞬間昏厥的Cyan Pile，整個人靠在春雪肩膀上，從面罩下面發出了咳嗽的聲音。

「咳……嗚……」

巨大的身體顫動了幾次，之後才慢慢抬起頭來。

緊接著發出的聲音，卻細小得讓人覺得他先前充滿怨恨的怒吼簡直是假的。

「嗚……哇……飛……飛起來……了？」

他左右搖動面罩，接著又喊：

「小春你住手……不、不要把我丟下去！要是現在掉下去……我會輸的……」

兩人的體力計量表已經整條染成紅色，長度減少到就像絲線般纖細。不知道Cyan Pile是否害怕掙扎會害自己掉下去，緊張得全身僵硬，說話語氣也變得像是在哀求：

「要……要是我輸掉……要是我輸給1級的你，點數會被扣到變成零啊……你又不要緊，反正只會扣個4、5點！我求求你，小春，這場讓我！我現在不能失去BRAIN BURST！」

「阿拓……拓武……」

春雪以哀嚎般的聲調喊了幾聲，同時握緊了還貫穿Cyan Pile身上的右拳。

事到如今——事到如今你還說這什麼鬼話！當初你還想搶走黑雪公主的所有點數……你可是想要搶走她的BRAIN BURST，毀掉她唯一的願望啊！

現在只要手臂的角度稍微一動，Cyan Pile龐大的身軀就會失去支撐，往遙遠的地面摔下去。拓武將會失去40點的點數，同時BRAIN BURST程式也會強制反安裝，之後——他將再也無法做出從區域網路的訊號外伺機攻擊黑雪公主的勾當。

春雪以恨不得咬碎牙齒般的力道咬緊了牙關。

全身不停顫抖，一閃即逝的衝動從頭到腳直竄而過，就此消散。

從咬緊的門牙縫隙間擠出的聲音，乾脆得不像是自己發出來的。

「……阿拓，你承不承認？」

「……承、承認什麼？」

「你願意承認只要在加速世界裡，你就絕對贏不了我嗎！」

經過一瞬間的沉默。

透過緊貼在一起的身體傳回來的話，寧靜得像是少了些什麼。

「啊──也對……我果然贏不了你。就跟以前我們一起玩過的所有遊戲一樣……」

春雪深深吸一口氣，呼了出來，接著以同樣寧靜的聲調說道：

「那……我跟你就是對等的。」

「……你、你說什麼……？」

「在現實世界裡，我沒有一樣贏得了你。可是在這個世界裡，你就贏不了我。我們是對等的存在。所以……所以……」

春雪頓了一頓，注視著Cyan Pile面罩下泛著藍白光的眼睛說下去：

「所以，阿拓，你要站到我這邊來……跟我並肩作戰。今後你要跟我一樣，在她的麾下繼續奮戰。」

拓武說不出話來，發出銳利的喘息聲。過了一會兒，沙啞的呻吟聲就從面罩的橫縫下漏了出來。

「……這太離譜了，小春你又不是不知道。你的上輩……就是連我所屬的軍團都想暗中獵殺的『Black Lotus』，是整個加速世界最大的背叛者啊！要跟她並肩作戰……也就表示……」

「沒錯，就是要把『純色六王』全部打倒。那有什麼好怕的？我告訴你一件好消息吧……你聽好了，遊戲這種東西本來就該這麼玩。」

聽到春雪撂下這句話，拓武回以漫長的沉默。

數秒之後他發出的話裡，帶著幾分自虐的笑意：

「小春，你敢相信我嗎？就算我在這裡點頭答應，事到如今你又有什麼根據可以相信我？我違背所屬軍團的規範，鑽BRAIN BURST規則的漏洞，連僅有的兩個朋友都背叛了，這樣的我說出來的話，你真的敢相信嗎？」

「等一下我們兩個一起去跟小百一五一十說個清楚。」

「咦……？」

聽到春雪立刻回覆的這句台詞，拓武發出了已經不知是第幾次的驚愕呼吸聲。

「不管是BRAIN BURST，還是我們對打過的事，還有……我跟你一直隱瞞不說的心意，全都跟她說個清楚。」

春雪將視線轉向遠方一望無際的天空，慢慢說了下去：

「我們多半非得從這裡重新出發不可。過去這些年來，我們三個人都隱瞞了不該隱瞞的事情，懷疑了不該懷疑的事情。我們非得……非得找個地方重新來過不可。」

「你真的覺得……我們可以重新來過嗎，小春？我……我在小千的神經連結裝置上……」

聽到拓武以顫抖的聲音這麼說，春雪以斷掉的左臂輕輕拍了拍他的背。

「她應該會氣得要死吧。會氣得破口大罵，鬧個不停……可是，最後她一定能諒解的，她這個人就是這樣。」

春雪一邊緩緩下降，一邊以含笑的聲音這麼說。

回到醫院屋頂，從Silver Crow右臂上解放出來的Cyan Pile，搖搖晃晃地退了幾步，坐倒在地板上。

春雪瞥了一眼剩下的時間。再過兩分多鐘，這場漫長的對戰也終於要結束了。

為防萬一，他還點選了計量表，確定雙方剩下的體力數值完全一樣。只要就這麼拖到時間結束，對戰結果就會變成平手，點數應該也就不會轉移。

春雪又看了一眼坐在地上一動也不動、將頭埋在雙膝之間的Cyan Pile，內心開始思索。

我……真的沒有做錯嗎？

難道我當時應該毫不留情地把拓武甩到地面上，以防止他在這場對戰後違背約定、再度攻擊黑雪公主嗎？

不對——不是這樣。選擇懷疑他人或相信他人，也就是選擇是懷疑自己，還是相信自己。

我要相信曾被黑雪公主告白過的自己。

要相信決定相信拓武的自己。這樣才對，妳說是吧……

他在內心問出了這句話，緊接著——電梯的門在背後打開，響起了沉重的金屬聲響。

就在春雪全身僵硬，迅速回頭的那一剎那之間，他已經推測到，同時也已經確信自己接下來將會看到誰的身影。

不可能是新的敵人。因為在這個場地上可以發動或受到攻擊的人，就只有春雪跟拓武。

而且也不可能是陌生的對戰虛擬角色。沒有理由會有無關的觀眾從醫院內部出現。

然而實際以自己的視覺看清楚答案的那一瞬間，春雪卻停止了呼吸，一股熱流填滿了胸口，眼淚從兩眼奪眶而出。

那是一股彷彿濃縮了黑暗精華般的純黑，而邊緣則鑲上清澈的白銀點綴。

冰冷的風吹過，吹動了燙捲的長髮跟裙襬，也吹得陽傘上掛的鈴鐺微微作響。

「學……姊……」

擠出的聲音就像三歲小孩般細小且顫抖。

黑雪公主看到他拖著碎裂的腳，一步一步走上前來。

她臉上表情一歪，同時露出了滿面的笑容。

「學姊！」

春雪好不容易用像樣的聲音喊了出來。雖然跑步時發出不規律的金屬聲響，但他仍以最快的速度跑了過去。

黑雪公主也踩得高跟鞋喀喀作響，跑了過去。

雙手筆直前伸，奔向對方的懷抱，這一連串的動作中沒有絲毫的猶豫或退縮。

春雪使盡全力擁抱她那溫香軟玉般的身體，在嗚咽聲中大喊：

「妳、妳恢復意識了吧！太好了，我一直、一直相信妳會得救。太好了，真的太好了。」

將春雪抱在懷裡的黑雪公主好一陣子都沒有說話，接著將臉頰湊了上去。

隨後從耳邊響起的輕聲細語，也一樣帶著哭聲：

「在沒有天也沒有地的黑暗中……我唯一聽見的就是你的聲音。你……保護了我，還弄得自己傷成這樣……」

右手輕輕撫摸Silver Crow那滿是裂痕的身體。

「弄得自己這麼滿身瘡痍……謝謝你……謝謝你，春雪。」

「不……是學姊保護了我。多虧妳對我說了那些話……要我相信自己，所以……所以我才飛得起來。」

黑雪公主默默地連連點頭，伸出手去摸了摸從春雪背上延伸出去的薄翼輪廓。

「好漂亮……這就是你的力量，蘊含在Silver Crow中的潛能啊。一直到現在……都還沒有任何一個對戰虛擬角色實現過純粹的飛行能力。我的預感果然沒有錯，你就是今後將會改變這個世界的人。」

黑雪公主用雙手輕輕地把Silver Crow小小的身體放到地板上。

有著夢幻輪廓的妖精公主歪著頭，以微笑的表情低頭看著春雪，說話的語氣中添加了幾分力道：

「看樣子時候到了……是時候該從安穩的繭內離開，再度朝天空邁進了。」

視線朝身後一瞥，就看到癱坐在稍遠處的Cyan Pile仍然垂頭喪氣，只微微抬起視線看著他們兩人。

「Cyan Pile……我也對你做出了很過意不去的事。」

黑雪公主說出來的話頗出人意料之外。

「我多次玷汙了跟你之間理應以榮譽為重的『對戰』。現在我就讓你看看我真正的模樣，如果你還想打，我會全力奉陪。」

說完又舉起右手，在虛擬介面上迅速操作。

啪。啪啪！突然迸出的黑色閃電，一道又一道地籠罩妖精公主的虛擬角色。

就在趕忙退開幾步的春雪眼前，圍繞在藍紫色電光中的輪廓一點一滴地慢慢轉變。本來幾乎垂到地板上的長裙一口氣縮短，分割成銳利的鋸齒狀。雙手雙腳形成完全的直線，前端收斂成針狀。

長髮融入強光中消失無蹤，取而代之的是一頂模樣像是猛禽將翅膀收在身後的面罩——最後再閃過一道比先前都更加劇烈的雷光，所有特效也隨之消失。

最後留在原地的，是一具彷彿從一整塊黑水晶雕出來般的虛擬角色，模樣極其美麗，美得無以復加。

整體的外型線條跟Silver Crow有幾分相似。

但身高卻比他還高，目測約一百七十公分以上。輪廓以直線為主體卻又充滿流線美，裹在剔透的黑色裝甲中的軀幹就像人偶一樣苗條，腰際圍著一圈有如黑蓮花花瓣般的裙狀護甲。

而真正最具特色的，還是在於她的四肢。雙手雙腳都是又長又銳利，令人看了就毛骨悚然的劍。那彷彿觸到任何物體都能一刀兩斷的刀鋒散發出凜冽的光輝，在場地的微風吹拂下發出微微的破風聲。

呈V字形後傾的頭部前方，是一具像是漆黑鏡子般的護目鏡，隨著一聲震動聲響起，一對藍紫色的眼睛從護目鏡下發出了光芒。

春雪看得出了神，愣愣站了好一陣子，他可以感覺得到Cyan Pile也在遠處看得目瞪口呆。他們兩人都被那美得無與倫比的模樣——同時更是被她苗條的漆黑身影所散發出來的一種無底洞般的潛力所震懾。

春雪敢肯定若跟她「對戰」，肯定短短幾秒鐘內就會被大卸八塊，化為碎屑四散消失。

過了一會兒，春雪才好不容易從胸中擠出了一聲像是讚嘆的聲音：

「好漂亮、真的、非常漂亮。學姊之前說什麼醜陋到了極點，根本就不像妳所說的啊。」

「嗯……是這樣嗎……」

從中發出的則是黑雪公主原本的嗓音。

「我明明沒有手可以牽人……」

她這句話並沒有說到最後。

轟轟轟轟轟轟！四周的建築物上忽然再度爆出了音量驚人的譁然聲：

「唔、唔哦哦！哦哦哦哦哦——」

「那是……那個對戰虛擬角色是……！」

「『Black Lotus』！是『黑王』！原來她還在——！」

觀眾叫喊的音量，明顯比看到Silver Crow飛翔的時候還要大出一倍以上。

黑雪公主的視線朝周圍掃過一圈，輕輕聳了聳肩膀說：

「好了……Silver Crow，你有辦法帶著我飛嗎？」

「咦，可……可以。」

就算虛擬角色的潛力再高，重量總不可能比Cyan Pile還重。但自己該如何帶著她飛呢……

隨著一陣微弱的震動聲，黑雪公主以氣墊移動的方式來到不知所措的春雪眼前，不經意地將身體右側面朝向他，之後抬起雙手，腰部向下一沉。

彷彿就像在催促他趕快用「公主抱」的方法抱起自己。

儘管春雪懷疑自己的眼睛，但再怎麼說這種時候也不能拔腿就跑。雖然他有種銀色安全帽表面流滿了冷汗的錯覺，不過春雪仍生硬地伸出雙手，放到黑雪公主的背上跟腰際上。

「有勞你了。」

黑雪公主以顯得頗為開心的語氣這麼說，接著就整個身體交到了春雪的雙臂上。總覺得癱坐在地的拓武似乎發出揶揄般的視線，但春雪還是下定決心，抱起了這具彷彿以黑水晶雕成的虛擬角色。所幸她的重量果然不太重，春雪用力震動背上的翼片，單腳踹向地板。

兩人以比較平緩的步調加速朝天空前進。

懷裡的黑雪公主伸直了腰桿跟頸子，放眼眺望眼下的街景，輕聲叫著：

「這……好棒啊！我看應該會上癮……真想下次跟你直連對戰，叫你帶著我飛滿三十分鐘……啊，到這邊就可以了。」

「好的。」

春雪點點頭，轉為懸停態勢。

這裡的高度不算太高，可以清楚地看到下面建築物的屋頂上，還有無數對戰虛擬角色還在喧嘩，同時抬頭看了過來。

黑雪公主深深吸一口氣——

接著以清澈而響亮，幾乎可以傳到地平線另一頭的聲音大喊：

「眾人聽好了！」

這一聲喊出，全場立刻鴉雀無聲。

「六王軍團麾下的超頻連線者，你們聽清楚了！我的名字是Black Lotus！是反抗僭王支配體制之人！」

翻騰的烏雲縮了起來，就連吹過的風都不敢出聲。視野內唯一還有動作的，就只剩最後十秒的倒數讀秒。一片寂靜中，高聲的宣言響徹了每一個角落。

「我跟我的軍團『黑暗星雲（Nega Nebulas）』，現在就要從蟄伏中破繭而出，打破虛偽的和平！取劍！拿起火把！開戰的時刻——已經來臨！」

9

陰曆說小春風和日麗，都忘記這小春指的是幾月了。

春雪一邊想著這些無關緊要的事情，一邊沿著已經走得極為習慣的路途走向醫院。

鞋底敲響地磚的節奏總是不由自主地越來越快，明知這樣下去，等到了醫院一定會累得滿身大汗，但他就是按捺不住。

今天黑雪公主終於要從加護病房轉移到一般病棟。

加護病房當然禁止直接會客，所以今天是他們這三週以來首次實際面對面，腳步多少變得輕盈，自然是無可厚非。

他是在放學的那一瞬間就全力衝刺跑出學校，所以太陽的角度還很高，以十一月而言算是十分溫暖的陽光也從背後推了他一把。雖然校門口有著不知道從哪裡打聽到消息的校刊社成員等著找他採訪，但春雪仍然發動了這陣子逐漸生疏的「拔腿就跑技能」，好不容易成功脫離了校園區域網路的涵蓋範圍。

昨天是星期天，他們三個從小就認識的朋友隔了這麼久，終於又一起出去玩，也是讓他心情變得輕快的原因之一。

除了登上新東京鐵塔時，春雪不小心連上觀光導覽用的網路而被人找去「對戰」之外（總算靠著超高度的地利讓他驚險獲勝），整個假日都沒有出什麼問題，過得十分開心。

三週前決戰的那一天，春雪跟拓武兩人一起前往千百合家，在她房裡一五一十地說出了一切真相。

舉凡兩年前拓武對千百合表白的理由、之後拓武被逼得越來越急的理由，以及事到如今春雪跟拓武才互相吐露心聲對決的理由。

千百合一直不肯相信「BRAIN BURST」的存在。最後只好由春雪跟拓武「加速」，在一點八秒之內就解決掉當天老師出給千百合的作業，這才總算讓她相信，但更大的難關卻還在後頭。

拓武從他的「上輩」，也就是擔任劍道社主將的青王軍團超頻連線者手中取得開後門用的病毒，並施放到千百合的神經連結裝置中。這件事一出口，千百合哭鬧的氣勢立刻超出了春雪預測的數倍以上，哭喊著「我討厭死你們兩個了」、「我要跟你們絕交」之類的話，把他們從家裡轟了出去。

之後一整個禮拜，千百合都不肯跟他們說話，但隨著時間經過，她似乎也有斟酌拓武的心境，考慮到自己也是逼得拓武做出這種舉動的最重要理由之一，最後就在最高級聖代隨她吃的條件下原諒了他們兩人。

其實一直到現在，千百合跟拓武之間還有點生疏。

然而春雪相信時間會解決這個問題。

原因很簡單，因為春雪跟拓武花了十年的時間，終於發展出了千百合所期望的關係──他們成了真正的知心好友。

不，想來多半還不止這樣。

如今Silver Crow跟Cyan Pile已經是黑雪公主軍團中並肩作戰的最佳搭檔。

春雪笑著對已經熟識的那位護士打招呼，登入院內網路之後，就以醫院內容許的最快速度朝著病棟最高樓層前進。

走出對戰時用過的電梯，一路沿著導引線行走，朝著她在郵件中告知號碼的病房前進。

右手的花束中有著粉紅色的滿天星，以及熱帶睡蓮中最接近黑色的品種。由於現在不是這兩種花的花季，價格超乎想像的貴，讓他花光了本來準備用來買新遊戲的微薄存款，反正他早就不想去買遊戲了，因為這個世上根本不可能存在著比「BRAIN BURST」更加刺激的軟體。

只走了幾分鐘，導引線就很乾脆地從視野中消失。

位於最高樓層東南角的單人病房拉門已經出現在眼前。

「呃……我想想……」

春雪用力吞了吞口水，在腦子裡排演起要說的話。

說恭喜學姊……恰當嗎？不對，學姊還沒有出院，所以不是很貼切。辛苦學姊了……這當然也不對，好久不見……也不太對，畢竟每天都有透過網路見面啊。呃，啊──怎麼辦？咻。

眼前的門突然滑開，讓春雪嚇了一跳，往後跳開。

緊接著就從裡頭傳出喝罵聲：

「我說你啊，你想讓我等幾分鐘！快點進來！」

「遵……遵命！」

以沒出息的嗓音這麼喊完，春雪就把肩膀縮到極限，踩著顫抖的腳步跨過了門檻。

聽見門在背後關上的聲音，他才戰戰兢兢地抬起頭來。

這一瞬間──寬廣的病房、窗外的景色，甚至就連這張大床，都已被視野排除在外。

春雪的眼睛捕捉到的，是一個穿著可愛的粉紅色睡衣，披著黑色開襟外套，已經有三個禮拜沒有看到的身影。

不知道她是不是瘦了些？原本就很白皙的膚色失去了色素，變得更加晶瑩剔透；始終極為柔亮的頭髮牢牢綁成了辮子，整隻左腳都打著厚厚的石膏。

可是，唯有她的眼睛──那對又大又黑，彷彿蘊含星空般的雙眸，仍然以一如往常的光輝迎接春雪。

黑雪公主露出花蕾綻放般的笑容，以有點沙啞的聲音說道：

「嗨……好久不見了，春雪。」

「是……是啊。」

先前想好的台詞全都被拋到九霄雲外，春雪只能連連眨眼，用力點頭。

就這麼對看了將近十秒左右，春雪這才回過神來，向前跨上幾步，遞出了小小的花束。

「這……這花有點小。」

「謝謝你。」

黑雪公主滿面笑容接了過去，把臉湊近花束，聞了一下花朵的芬芳。

「這是『Black Lotus』對吧？真希望快點看到它開花。那邊有個花瓶，不好意思，可以請你幫我去裝水來，把花插到裡面嗎？」

「好的！」

春雪將放在床邊桌上的小花瓶拿到病房角落的洗臉台裝水，接過花束插進花瓶。

沉默再度來臨。

黑雪公主解開了對望的視線。她的表情忽然間變得嚴肅，微微清了清嗓子，以增加了硬度的聲調發話：

「那……我就聽聽那件事的報告吧，你坐到那邊那張椅子上。」

「啊……好、好的。」

沒錯，現在不是玩鬧的時候。

理智是這麼想，但春雪心中仍然感到一絲落寞，坐到了訪客專用的椅子上。

接著操作虛擬桌面，拖曳整理好的報告書傳給黑雪公主。

「呃……有關上次阿拓的『上輩』暗中交給幾個部下試用的開後門程式，上週更新對戰伺服器後，程式已經完全不管用了。而這個『上輩』似乎也在青色軍團內遭到『處決』……也就是剝奪所有點數。只是看樣子他終究沒有招出程式到底是誰寫出來的……」

「哼，原來如此。」

黑雪公主短短呼了口氣，將環抱在胸前的雙手放到頭上。

「多半就是最會搞陰謀詭計的黃色那邊弄出來的吧？自己不去用，反而交給敵對軍團的幹部去實驗，正符合他們的一貫作風。不過也罷，總有一天我會親手揪出這個幕後黑手。」

可是，唯有她的眼睛──那對又大又黑，彷彿蘊含星空般的雙眸，仍然以一如往常的光輝迎接春雪。

「那，我們軍團的狀況怎麼樣了？」

「是……這個，該說還過得去嗎？目前勉強占領『杉並第三戰區』跟『第四戰區』。」

「呵呵，這領土還挺小的，可是已經很了不起了，對總成員只有三個人的軍團來說還挺恰當的。」

黑雪公主微微抖動肩膀笑了笑。

據她所說，黑色軍團「黑暗星雲」過去曾是與其餘六王並駕齊驅的巨大集團，但隨著兩年前那起事件的發生，也就走上了解散與潰滅的道路。黑雪公主先前風光地宣告這個軍團的復活——到這個階段是還不錯，但目前成員終究只有黑雪公主、春雪跟拓武，而且最強的反叛者「Black Lotus」還暫時不能參加實戰，光是防守梅鄉國中周邊的戰場，就已經無暇他顧了。

不知她是否體諒到春雪的這種想法，黑雪公主微笑著說了：

「別這麼沮喪，不必著急……只要慢慢增加志同道合的夥伴，逐步擴大領土就行了。」

「學……學姊說得是。」

春雪點點頭，想要擦一擦因為許久沒有見面而稍微滲出的汗水，一手伸進制服口袋，結果手指卻碰到了一個手帕以外的物體。

春雪抽出了這個他已經完全忘記的物體。那是一本有著藍色封面，如今已經失去原始用途的學生手冊。這本手冊是黑雪公主的。

「啊……對了，這個一直放在我身上，現在還給學姊。」

看到春雪也沒細想就遞過來的手冊——

黑雪公主連眨了幾次眼，張開櫻桃小嘴，臉上更突然染上一層紅暈。

啪的一聲，她一把搶過手冊，緊緊抱在胸前，頭又低了下去。

「你看了……裡面的東西嗎？」

聽到這道以幾乎聽不見的小聲發出的問題。

春雪這才恍然大悟，知道黑雪公主為什麼會有這種反應。

「啊！沒有，是、不對、這個……是、怎麼說……我……我看過了。」

鴉雀無聲。

凍結成超高密度的空氣忽然被短短的一句話撕裂：

「全部忘掉。」

「嗄……？」

「把有關的記憶全部刪除，再也不要去碰。今後如果你敢提起這件事，你就會親身體驗到我的9級必殺技。」

嗚？

春雪吞下這聲慘叫，猛力搖頭。

「我不會說，不會想起來！啊，我已經忘了，我剛剛就已經完全忘了！」

黑雪公主斜眼朝腰桿挺得筆直，全身冷汗直流的春雪瞥了一眼。

臉上露出一種拿他沒輒般的笑容說了：

「你實在是喔……都成了加速世界裡名震天下的『白銀鴉（Silver Crow）』，個性卻還是一點都沒變啊，春雪。」

春雪也微微放鬆了肩膀的力道，回答道：

「黑、黑雪公主學姊還不是，可怕的地方都跟以前一模一樣啊……『黑睡蓮（Black Lotus）』小姐。」

「你這麼說太難聽了，我不管什麼時候對人都很和善……別說這個了，我說春雪啊。」

黑雪公主清了清嗓子，在溫和的微笑中這麼說了下去：

「你也別再用綽號叫我，差不多該叫我的名字了吧。」

「啊……好……好的。」

春雪用力點了點頭。

接下來——

他才發現一個值得他戰慄，而且令他束手無策的事實。

「我……我說呢。」

「嗯……？」

「我……我……不知道……學姊……本名……叫什麼……」

啪。

世界簡直就像「加速」的時候一樣，不，是以更高的硬度與密度當場凍結。

但立刻又在黑雪公主摻雜著嘆息的笑聲中溶化。

「我說你啊……你不是看過我的學生手冊了嗎？」

「啊……這……這個，我只有剛拿到的時候很快看了一眼……」

「呵呵，春雪，看樣子你還真的是一點都沒變呢。那我就重新自我介紹吧，只是話說回來，這名字跟我的綽號也差不了多少。」

和煦的微風從微微打開的窗戶吹了進來，將黑睡蓮花蕾的芬芳吹得滿室皆香。

美貌的學姊兼反叛的黑王挺直了苗條的身體，雙手交叉於胸前，發出了清澈的嗓音：

「我的名字叫做……」

完

後記

雖然不知道是從什麼時候開始，但我有個習慣，就是在面對事物時，都會先做好失望跟沮喪的心理準備。

不是那種隨時預測最壞的情形來因應的良好態度，理由沒那麼有建設性，純粹是覺得只要自己先放棄，遇到真正被迫得要放棄的時候，損失的能量也就比較少。

二〇〇七年十月開始寫這個故事的時候，我想說反正根本不可能寫完，而且就算真的寫完，我也確定配合電擊大賞參賽綱要來刪改的作業根本做不完，所以就連投完稿後，也一直理所當然地告訴自己：我怎麼可能通過分成那麼多階段的審查。

也因此，我自然不會準備好如果作品得獎而且出版，要在後記寫些什麼東西，現在當然是打從心底覺得束手無策。我很想寫出充滿品味、帶有含蓄且文采飛揚，洋溢幽默感又不失感性的文章，但沒有一樣我想得出要怎麼達成，所以只好直接寫出現階段的感受。

對我來說，光是寫出這個故事就已經是奇蹟了。

所以要一路發展到現在為了出版而寫後記的這種狀況，得要連續突破多少次極低機率的難關，我完全無法去推算。

《加速世界》的主角春雪，也是個堅決不有所期待的人。然而他跟我之間有個決定性的差異，那就是春雪為了不斷逃避，已經榨出了所有的能量，他就是這麼全心全意向後前進。

但我有個想法，那就是無論方向為何，只要其中確實有著能量存在，相信就一定會發生些什麼事情。雖然我不像春雪這麼拚命，但如果我能得到這個獎項的肯定，背後有著奇蹟跟幸運以外的理由，我想也許就是因為我在退縮過程中這邊抓一點、那邊抓一把，一點一滴累積出一股能量。

從原本粗糙的應徵原稿轉變成一本書，過程中真的得到許多人的鼎力相助。

例如川上稔老師百忙中仍然不吝撥冗，一口答應擔任解說，對於動作場面描寫上的要旨也毫不藏私地多方指導。尤其是您為此特地執筆寫下（！）的《加速世界・川上版》，更是我一輩子都會珍惜的寶物。

可以預見本書的主角是個非常難以造型化的人物，但HIMA老師卻描寫得非常到位。其他幾個人物也像是從一開始就存在般，生動地在我的想像中到處跑來跑去。

責任編輯三木一馬先生對我這個什麼都不懂卻又不肯老實承認的新人不厭其煩、始終誠懇又周到地給予指導。為了跟上他那有如火山爆發般的編輯能量，我也準備使出渾身解數來繼續敲打鍵盤。

還有整整過去七年來在全球網路上給予支持的許多讀者，有了各位的大力支持，我現在才能站在這裡。

最後請讓我對拿起本書一路看到這裡的您，致上最誠摯的感謝。

非常謝謝各位。

二〇〇八年十一月二十八日　川原 礫

，但可不是鬧著玩的。」
——天才程式設計師‧茅場晶彥
Online刀劍神域
2009年年末磅礡登場——

COMMEANTARY

commentary

解說

※注意※
以下要解說的是擔任解說的我（川上稔）自己心目中的一套《加速世界》。
其中不含任何官方設定，還請各位讀者不要誤會。只有出自
川原礫老師跟HIMA老師手筆的部分才是正式作品，請各位讀者多多包涵。

就這樣，大家好，我是擔任本作解說的川上稔。
既然擔任解說，當然要跟各位讀者講解一番。
但老實說對於該怎麼講解才好，我實在抓不太到要領。
所以呢，
在此我就將「自己看這本書時寫下的想像筆記」之類的想法，
整理成了短篇故事跟腦內人物介紹的形式。
另外我完全沒有看插畫老師的設定畫，
所以解說裡面出現的圖也都是我的腦內想像，
不過也許可以藉此發現我跟各位已經看完正傳的讀者，
彼此的想法有什麼相同和相異的地方。
因此我打算直接拿這些腦內想像的部分來解說。
啊、關於川原礫老師跟本作責任編輯三木先生那邊，
我打算晚點再去徵求同意。
好了，接下來就請各位讀者陪我一起妄想一番了。

嗨，各位好，敝姓川上，手上擁有一隻叫做「White Turnip」（白色大頭菜）的對戰虛擬角色，現在就讀國中二年級。由於一臉老樣，有時還會被誤以為超過三十歲，但卻是個不時會在電車上害得坐在前方的小女生（幼童）做出：「媽媽，那個人是殺人犯耶！」這種難聽發言的國中生。

我也跟各位一樣是超頻連線者的一分子，但我跟滿腦子只想戰鬥的各位不一樣，對戰那種玩意是小孩子玩的——哇哇哇對不起，我說得太過分了。呃、說正經的，我其實是個專門製作超頻連線者改造用ＭＯＤ（多媒體隨選視訊）的程式設計師。

對於BRAIN BURST世界而言，像我這種走程式設計師路線的人，不是帶來多樣化的種子，就是灑下災厄的種子。只要不屬於後者，或者就算屬於後者，但只要沒被人告密，基本上程式設計師在BRAIN BURST世界中都會被視為貢獻者，得到各派的保護。也就是說可以不被視為挑戰對象，而且還會得到保護，免於受到不當對戰的威脅。而得到各派保護的程式設計師，還可以領取受處罰者的點數，所以升級速度也很快。

我也是在某一派的保護下工作，但我設計的程式卻是提供給所有超頻連線者使用。具體過程就是先由我所屬的派閥用超頻點數買下我設計的程式，然後由派閥中的盤商提供對戰觀眾以超頻點數購買，來充實整個派閥的財力。像我這種程式設計師會不時引發爭奪戰或是轉投其他陣營之類的騷動，雖然算是坐辦公桌的階級，卻也過得相當熱鬧。

而現在我所設計的程式，則是堪稱我專攻領域，因為它可以把現實世界的情報傳輸給超頻連線世界中的虛擬角色。

只要用上這種轉寄程式，使用者就算處於加壓到一千倍速度中的BRAIN BURST世界中，仍然可以知道現實世界中的自己用五感捕捉到了什麼樣的感覺。

……你說用不著這種東西？想說反正都已經加速到一千倍，根本就不用特地回去查看，因為不管自己身上發生了什麼事情，都只有短短不到兩秒？

這可就很難說了。首先我們就來聊個只有臭男生會懂的話題吧。

各位聽好了。

——各位的母親要打開你背後的門走進房裡，只要有零點三秒就夠了。

各位懂我的意思嗎？

要是各位看A片看到一半，或是普雷你們的十八禁遊戲普雷到一半，想說「嘖！刺激根本不夠啊！太悶啦！」因而想要啟動超頻連線，屆時哪怕只是回歸現實的時間稍有延遲，你少年時代的回憶也許就會留下汙點。考慮到這一點，應該就可以了解到我寫的轉寄軟體「媽媽必勝」（簡稱媽必）所提供的示警功能確實有存在的必要了吧。

啊，女性我就不清楚了，這個部分就讓我們當成未知的應用篇來看待吧。

但儘管現在版本已經出到超過七版，讓我過著光靠版本升級都可以拿到超頻點數的生活，不過這多半得要歸功給我們家代代相傳的程式設計師淵源家學吧。我的祖父是個從八位元時代就開始專作十八禁遊戲的程式設計師，聽說他連過世的時候，都還對著空中比劃著連按快轉台詞按鍵的動作，實在是男子漢的典範。雖然我實在很納悶他怎麼找得到肯跟他結婚的人。

而我身為這位豪傑的孫子，也從十三歲就開始涉獵十八禁遊戲，在現實世界中則是每天都幫朋友解除神經連結裝置的硬體鎖跟區碼限制來賺些外快。哼哼哼，你們這些傢伙知不知道自己現在玩的十八禁遊戲，裡頭的文章都是我家爺爺六十年前打進去的萌系文字重製成的啊？不過爺爺，你竟然喜歡獸屬性，實在是血濃於水啊。啊啊，可是爺爺，要是你一直活到現在這個時代，不知道會有什麼感想喔。不對，應該不行，畢竟爺爺是個完全不能接受多邊形的二次元派啊，為了這點我們還在浴室裡打過一架。老頭子怎麼可以強要小孩接受自己的價值觀呢？想影響小孩光靠遺傳就夠了，別再貪心啦！

不管怎麼說，現在我正在測試這個程式的第八版，不過總覺得我好像正在一步步踩進一個不得了的領域。畢竟我對BRAIN BURST的程式已經越來越了解，終於有了重大的突破，現實世界的資訊已經不再只能以警報的方式呈現，而是可以轉成親身體驗了。

也就是說，可以把現實世界中透過五感得到的資訊延長一千倍，帶進加速過的世界。

一定有人覺得這件事沒有意義對吧？畢竟不管是聲音還是其他什麼刺激，一旦被拉長一千倍，也只會變成稀釋得一點味道都沒有的清湯而已。

可是呢，其實現在現實世界中的我正在用餐，而且還正在測試第八版。

各位知道這代表什麼嗎？

沒錯，現在現實世界中的我，口中正含著用湯匙舀起的咖哩飯。

沒錯，各位應該懂吧？

我已經閉上嘴巴，在上顎的壓擠下，咖哩又熱又黏的口感跟稀疏的米粒填滿了每個味蕾，而衝鼻的辣味跟甜味，則表示這是佛蒙特咖哩。也就是上國中後才開始吃的中辣……

由於這樣的口感拉長了一千倍，咖哩那種慢慢透出的滾燙感將會持續整整三十分鐘。接下來這三十分鐘，不管是到處亂走、往上看還是往下看，也不管是跑去觀戰還是親自對戰，甚至就算睡著了，都會一直嚐到咖哩飯的滋味——

怎麼樣？

就算對戰打輸，如果可以連續嚐滿三十分鐘的咖哩，各位難道不會覺得跳進這個加速世界已經值回票價了嗎？

而．且．呢，一旦回到現實世界，又還可以繼續吃！一千加一倍的咖哩飯已經來到您觸手可及的地方了！

可是，可是呢，事情可沒有這麼簡單，人類還有更黑暗的一面。

沒錯，只要在現實世界中配合好時機，任何一種快感都可以拿到加速世界中持續一千倍。

別急別急。

各位聽好了，一聽到這點就馬上想往十八禁的方向去衝，這種反應只有國中生的水準啊。

沒錯，我就是國中生，所以已經試過了。不是啦，那、那是測試好不好？是實驗啦！實驗！不過那次我是在家裡面對十八禁遊戲來進行開發中檢測，在那個世界的地板上身體一顫一顫地抖動，還興奮得一直發出怪叫。搞了五分鐘下來，結果似乎又反饋到現實的身體上，搞得我差點真的死於心臟痲痺，而留在加速世界裡的精神也因為男性本能而完全失去戰鬥能力，對外界完全沒有防備。

不過想來還真危險，要是不小心死掉，讓檢查現場的父母產生誤會，那可就傷腦筋了。父親大人、母親大人，你們兩位的兒子才不是那種會玩妹妹系十八禁遊戲玩到掛的男人，完全是因為增幅到一千倍才會這樣。當然如果是金髮巨乳系，大概只要五倍我就會掛了。

可是聽說那個時候，最近話題正熱，有事沒事就找人對戰的「長翅膀」虛擬角色就在外頭晃來晃去想要找我，相信他作夢也想不到我竟然會在家裡爽得翻過來抖個不停，還大聲喊出「啊啊啊啊，我要射出川上汁了啦啊啊啊啊！」這類簡直放棄了整個人生前途的鬼話。而我自己也不願回想啦。當然危及生命安全跟將來預定生下的小孩也是很大的問題，可是這個軟體最大的弊病，還是在於視覺資訊的轉寄。像我有次運氣不好，不小心在窗戶上照出自己的那一瞬間就用了下去，結果整整看著自己的臉看了三十分鐘，造成我的精神創傷，實在非常令人遺憾。這除了讓我記取教訓，知道下次記得先拉上窗簾，不過這種玩法還是留到我厭世自殺的時候再用吧。說來還挺不好用的。

可是如果各位鄉親父老覺得這樣就派不上用場，還請各位不要急，仔細聽我說。這個一千倍轉寄功能，其實在十八禁以外的領域也是有用途的。

——沒錯，就是小便。

前幾天我在學校廁所裡站著解放時忽然想到，於是就啟動超頻連線一試，老實說三十分鐘尿個不停實在讓人頂不住。而且再調整感覺資訊，把開放度拉高到對艦光束砲等級，就更棒翻天了！照大家常用的說法，真不知道到底可以換算成多少瓶保特瓶的量。呃，如果要用言語來形容，感覺應該就是「我、我的一切都在往外洩啊……！」就在我搞得連走路都開始內八，超頻三十分鐘抖下來抖得腿都軟了的時候，聽說最近話題正熱的「打樁人」正在走廊上跑來跑去想要找我，我想他作夢也想不到我的主戰場竟然會是廁所。當然我自己也不希望想到啦。

不管怎麼說，這個破壞力大幅提高的第八版，想來應該能為BRAIN BURST世界帶來飛躍性的革新，但是很快就有消息靈通的傢伙跑來騷擾，讓我煩不勝煩。我是還打算多調整，呃，我、我是想多測試一下啦，測試，可是有一群傢伙盯上了我們這一派的高層，還跑來找碴說是不是想賣給其他派，甚至想要強行沒收。受不了，這些傢伙全都是好色的國中生，才會讓人這麼傷腦筋。走在路上看到路旁有人隨手亂丟的黃色書刊時，啟動超頻連線一看，就看到加速世界裡一大群傢伙晃來晃去，他們假裝只是走過，實際上卻想用一千倍速度觀賞個夠，而且還互相牽制來牽制去，讓我忍不住懷疑這些人腦袋是不是有毛病。看他們實在可憐，所以我都會在現實世界中撿起黃色書刊，快速翻過每一頁給這些想必待在加速世界裡的傢伙看。這種意識到雙重世界存在的天神般舉動，常常會讓我收到表達感謝的郵件，果然人還是應該要多做好事。只是一旦我在途中闖上書本想要帶走，立刻就會有超過四位數字的人跑來找我對戰。

話題扯遠了，不管怎麼說，我現在最棘手的問題，就是這個轉寄軟體已經被上司盯上了。

像前幾天我正在主戰場撇大條，用一千倍的時間去感受那種「生了，要生了！」的喜悅時，那個混蛋竟然給我闖了進來。不對，他是上司，所以不可以說他這個混蛋是混蛋，可是那個混蛋，不不不，他是上司（略）。不管怎麼說，當時我就把之前收集到的素材「鼻孔被手指插進來的那一瞬間的觸感」資訊延長到一千倍，轉寄到他的屁股上，搞得他送醫急救，不過下次可就不見得可以順利逃過一劫了。我認為已經差不多是時候該脫離這一派，而今天就是計畫要去找下一個過渡的地方。

為此我會賣出這款轉寄軟體，不過其實我已經決定好要賣給哪一邊了。至少我總不能讓那種會把拷問的痛楚延長一千倍的派閥拿去用吧。

超頻連線者在現實世界中也一樣會受傷或生病，就算在醫院裡可以使用超頻連線，醫院本身的生活卻很枯燥。可是只要有了這玩意，就可以讓來探病的人送的點心產生一千倍的美味。如果限定在味覺跟嗅覺，那麼不只是吃東西的滋味，像花香或是季節中美妙的短暫瞬間，也都可以保留下來。聽說最近還有一派超頻連線者在管理、保護醫院相關的設施，相信他們一定會肯出高價買下來。

只是我這個人也很無情，還是得在商言商。購買的款項嘛，我想想——就等我想到的時候再隨我開口。你們就儘管在得到快樂以後，成天擔心何時會收到天文數字的請款要求吧。

好了，那等吃完飯，就去見一見我想賣的那些人吧。啊，不過在這之前我得先上個廁所。

各位鄉親，我可不是要做什麼怪事啊——這是最後階段的測試。

commentary

……大概就這樣。
其實這個短篇故事是我接下解說工作，
剛看完作品跟本作的責編三木先生閒聊時，
聊著聊著就想好了點子，
於是馬上寫下來送過去。
但既然講好要拿這篇短篇來當解說輔助內容，
這工作做起來倒也不能馬虎。
不管怎麼說，
至少要讓看過正傳的讀者看過這篇短篇後，
會覺得「看到外面的風景，
就想到窗外或許有人正在以一千倍的速度對戰」。
我認為這個短篇算得上具有用途明確的魅力，
可以多方刺激讀者想像力的小說……
不，我所謂的刺激，
並不是要刺激到搞出什麼川上汁之類的玩意，
而是一種規模更大，更（略）。

從下一頁起，
就要開始介紹我心目中想像的人物跟虛擬角色想像圖，
以及我對各個人物的雜感。
插畫師所畫的才是正式設定，
後面這些只是小小玩鬧一下，
如果可以作為引發刺激的導火線，那就是萬幸了。

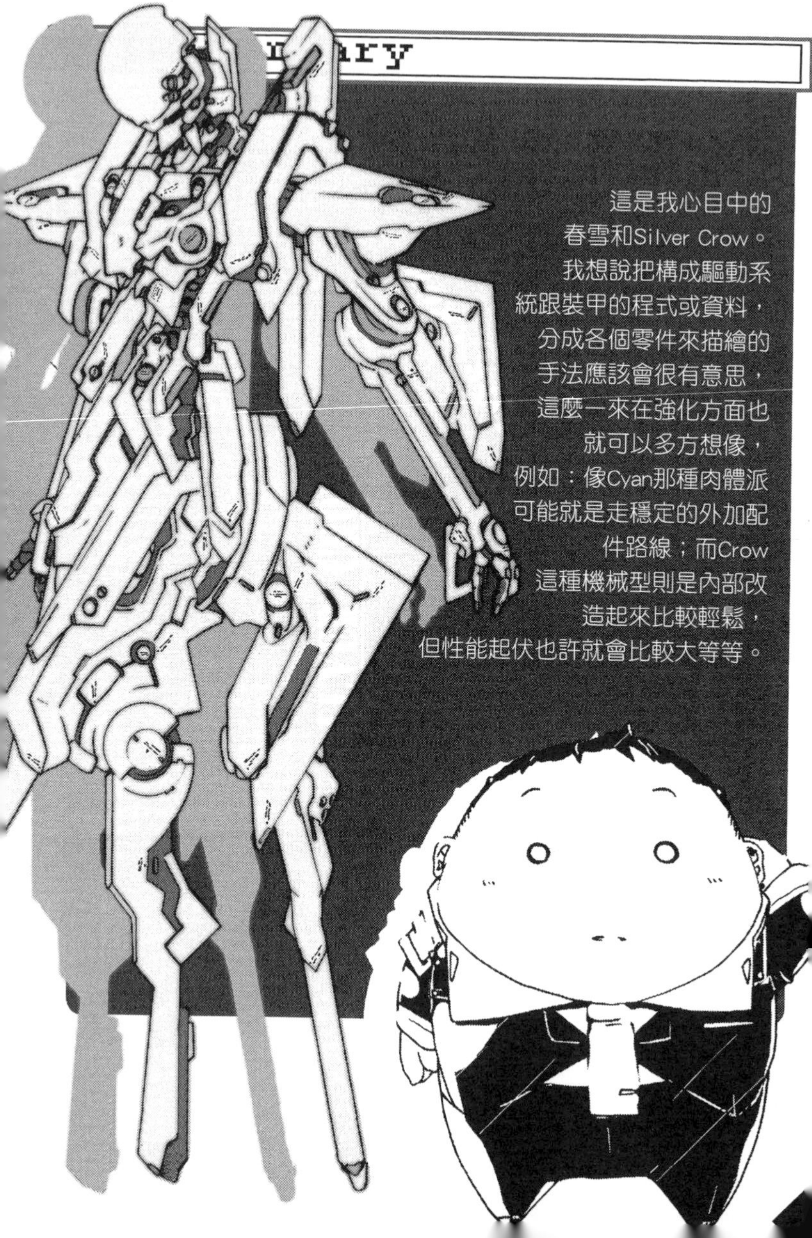
ary
這是我心目中的
春雪和Silver Crow。
我想說把構成驅動系
統跟裝甲的程式或資料，
分成各個零件來描繪的
手法應該會很有意思，
這麼一來在強化方面也
就可以多方想像，
例如：像Cyan那種肉體派
可能就是走穩定的外加配
件路線；而Crow
這種機械型則是內部改
造起來比較輕鬆，
但性能起伏也許就會比較大等等。

HARUYUKI

commentary

他的頭到底有沒有抬起來呢？
對於春雪這個人物，我會很好奇他跟母親之間的距離。
根據文中所提的住家構造來考慮，
母親應該有特地把有窗戶的房間讓給兒子，
而自己住在沒有窗戶的房間對吧？
同時還會去想春雪會如何去發現這樣的母子關係，
想法又會有什麼樣的轉變，
這個主角實在有很多方向都令人期待。

黑雪公主／學姊

KUROYUKIHIME

態度囂張、仍有刀傷的她
是個不了解自己的人
喜歡實而不華的男生

commentary

我心目中的學姊跟黑雪……學姊很礙事耶！
其實最會享受人生的就是她。
如果說黑雪公主是偽裝狀態，
那麼從裙子到全身上下各個地方都有刃刃內收的刀劍，
構成陽傘的刀刃還可以疊合成一把大劍，
下臂跟小腿也都只是用機械手臂夾住，
本體其實是個不倒翁，胸前一把斜向延伸的劍是自戒的象徵。
但遇到知心的對象就會往前脫落，
這種心動之刃的設定大家覺得如何呢？

comme
紫貓/Cyan Pile／千百合